黑桃之館，專門管理人類死亡後無法消弭的怨念。

整個黑桃之館由黑色大理石砌成，像個巨大的黑盒子一樣座落在一片灰白的原野上。

館外的原野覆滿著雪，灰綠色的草被埋在雪下面，濕漉漉地、無精打采地蔫耷著。不知是不是因為聚集了太多怨念的關係，黑桃之館外頭經常下雪，這天氣在四季如春、景色宜人的鏡之國中，是相當少見的。

「——好無聊。」

黑桃的ACE——黑帽子諾伊爾，用一種像無脊椎生物的姿態，趴在窗臺邊上。他望著外頭灰白的景色，大大地打了個呵欠，帥氣的臉貼在窗臺檯面上，擠壓成一個很不帥氣的表情。

黑帽子，又稱瘋帽子，興趣是戰鬥、以及戰鬥、還有找斯培德玩；生活裡最喜歡的事情是出任務，最討厭的事情是出任務以外的所有事。

他現在覺得很無聊，非常無聊，雖然其實有很多事情等著他處理，例如巡察一下似乎不太安分的「地下牢」的怨念遺物、整理最新一批怨念的情報、或是把剛移交過來的執念轉化怨念的資料檢查一遍等等……但他不想做。

而他不想做的事，沒有人可以逼他做。

好無聊。實在是太無聊了。

黑帽子維持著把臉貼在窗臺上的姿勢，就這樣在那裡趴了半個多小時。而就在他思考著是不是要找一隻倒楣的黑桃侍衛來打一架排遣寂寞時，背後傳出了開門的聲音。

「？」

他艱難地挪動頭看著身後的門。那扇門後面是斯培德的臥室，年輕的黑桃國王沒有像平常一樣穿著黑桃的黑色軍裝出現，而是像普通的青少年一般穿著T恤與牛仔褲，並且拎著輕便的背包，一副準備出門的樣子。

黑帽子忽然敏捷地跳了起來。那速度快得讓人無法想像他剛才還像是個毫無動能的靜止物體。

「斯——培——德——」

「嗯……嗚哇！幹什麼！」

斯培德才剛回頭朝聲音的方向看去，就看見黑帽子一臉興奮地朝他衝來，手中斬殺怨念無往不利的兵器「一斬一滅」竟然已經出鞘！之後，斯培德猛地往後一閃躲過那一劍，一個翻身往後躍出幾公尺、漂亮地翻滾落地，接著抬起頭正想發火時，卻看見自家王牌又不依不撓地黏了上來，並且喚出了無數的劍影。

「住……住手！諾伊爾！你發什麼瘋！」

森白劍刃在斯培德周圍閃著銀光，如同一張網，朝他想逃走的方向撒下。斯培德狼狽地閃躲著，始作俑者的黑帽子眼裡閃著興奮的光彩，右手一揮，整排形態各異的劍隨著他的手勢展開，劍尖齊齊對準自家國王，咻地朝斯培德射去。

「靠……不要太過分了！」

似乎是終於受不了了，斯培德怒吼著甩了一下右手手腕，清脆的鈴鐺聲音響起，同一時間，巨大的戰鐮「無怨無嗔」就握在了他手中。

國王靈活地將戰鐮舞成一個圈，尖銳的金屬斷裂聲隨著兵器交接的火光鏗鏘迸出，黑帽子的攻擊全數被黑鐮擋下。但他的動作並沒有因為防禦完攻擊就結束，斯培德頓了一下，腳尖點地，翻了個身朝王牌衝過去——諾伊爾瞪大了眼睛，就在他停頓的瞬間，斯培德拋起手中的戰鐮，黑色鐮刀在空中垂直轉了一圈後分別化成五把尖利的匕首，以萬鈞之勢貼著黑帽子的四肢身側重重地釘進了地面。

整個過程在不到一分鐘的時間內發生並結束。斯培德往後翻跳了兩圈，迅速拉開與黑帽子的距離，起身的同時隨手拎起剛剛被他拋在地上的背包，拍了拍身上的灰。

「……這次這麼快就上大招，不像你呀，國王陛下～」

黑帽子大字形仰躺在地上，想試著移動一下，但五把漆黑的匕首立刻發出暗藍的電光禁錮住他的手腳和脖子，饒是強大的黑桃王牌也無法動彈。

「平常是還有時間陪你玩一下，但是今天不行。」斯培德沒好氣地說，「今天有社團活動。」

「今天～不是～週末嗎～」

被鎖死在地上的王牌拖長了聲音，聽起來像是在抱怨。

「要比賽了，社團週末也要集訓。集訓懂嗎？集合訓練的意思。還好這兩天沒什麼任務，你少妨礙我享受校園生活。好了，乖乖躺著吧，別惹事，我走了啊！」

斯培德說完，沒再管被他釘在地上的王牌，拎著背包，轉身邁開大步走了。

難得可以像個真正的高中生一樣去參加社團的額外訓練似乎讓他很愉快，黑桃國王甚至邊走邊哼歌，就這樣消失在長廊的轉彎處。

集訓……

黑帽子又試著移動了一下，只換來電光啪啪響，卻硬是連手臂都抬不起來。他望著天花板，想著那個叫集訓的東西能不能殺……

好像不行，那似乎不是「生物」。

「……拇指姑娘這一出門什麼時候才回來啊……」

他百無聊賴地自言自語著。倒不是擔心自己要被鎖多久，禁錮自己的這幾把匕首是由國王專用的武器「無怨無嗔」幻化而成，要是國王不在附近，不用多久就會自動消失。

他只是擔心這個無聊會持續到什麼時候。

「……今天什麼日子來著……我想想啊……」

黑帽子的眼珠從左轉到右，又從右轉到左。

「啊……今天……那個臭脾氣的方塊家好像有好玩的嘛！」

想到這裡，他的表情忽然亮了起來——但隨即又皺起了眉頭。

「唔……可是自己去還是很無趣啊……找誰好呢……方塊家誰都碰不得……克洛？……不要，才不要找一個比我還要瘋的傢伙……」

第一章　她吃了一小口，然後問自己：會變成什麼？

She ate a little bit, and said anxiously to herself, "Which way? Which way?"

「為什麼是今天呢？到底為什麼是今天呢？我覺得我對這家公司產生了排斥。恨屋及烏。我要拒用！拒買！哼哼哼！」

韓沁喜嘟嘟囔囔地小聲叨唸著，要不是黎筱愛就走在她前方的話，根本聽不清楚她在唸什麼。

少女回頭看看好友，忍不住偷偷翻了下白眼。

「今天可是跆拳道社集訓的日子！學長群裡說，嚴琅鋒學長會參加這次集訓！而且還會下場去打！啊啊啊！好想看～好想看學長穿跆拳道服的樣子～～好想看他帥氣摔人的樣子～～好想看他被扯開道服露出胸口的樣子……」

「停停停，我覺得妳的妄想朝奇怪的方向飛去了，STO——P！」黎筱愛打斷了她，並做出了一個禁止的手勢，「真是的……既來之則安之，不然妳一早就該打電話給老師捏造一個藉口請假才對啊！」

「我可是想不出那種藉口的好學生。」韓沁喜挺胸扠腰，露出了得意的表情。

黎筱愛對好友的這個發言連吐槽的力氣都沒有了，只能擺擺手表示敷衍。

今天是週末，秋高氣爽的日子裡，黎筱愛正跟朋友們走在辦公大樓林立的某科技園區內。走在最前方的是他們的班導，領著一團三、四十個學生往今天要參觀的某入口網站公司走去。

這是一個迷你的校外教學活動，由學校挑選幾個願意接受學生參觀的公司、工作室等等，再從學校裡挑出對這些公司有興趣的學生，分批帶他們參觀工作的情況。依照內容的不同，也會安排演講或是問答等等。

這個活動是自由參加的。當初黎筱愛對這家入口網站公司很好奇，隨口問了韓沁喜要不要報名；阿喜雖然興趣不大，但覺得陪朋友去也是可以的，就欣然應允下來——結果在出發的前一週，她聽說了嚴琅鋒會參加跆拳道社集訓的消息，一下子悔得腸子都青了。

「什麼什麼？」

溫宇薇把手搭在阿喜的肩膀上，踮起腳尖，從她肩窩處冒出一顆頭來，「又是學長嗎？從出發開始就聽見阿喜一直在說那件事呢。」

「呵呵，妳看，連薇薇都聽到了。」黎筱愛哼笑了兩聲。

「人要對自己做出的選擇負責，阿喜。」走在溫宇薇後面的穆閑推了推眼鏡，一臉正經地說。

「……你們不懂我的悔恨。」韓沁喜嘟著嘴，撇過頭去。

高大的符松走到她旁邊，安撫似的拍拍她的肩膀，道：「好啦，開心點嘛……哎，我們要到了。」

黎筱愛抬起頭。前方高樓上掛著的入口網站英文字大大地映入眼簾。

◆◎◆◎◆◎◆

活動比想像中要有趣。看起來很活潑的辦公室、備有按摩椅的休息區、零食隨意吃的放鬆區都讓學生們感到相當驚奇，負責接待他們的經理還製作了一個ＰＰＴ讓他們瞭解公司的創意以及決策產生的過程。

雖然跟學校一樣都是在上課，但此時每位學生的眼神卻一掃平常的懶惰，一個個無比認真，這讓負責領隊的老師偷偷地感慨了一下。

演講的上半段在中午時分結束，學生們有一個小時的休息時間。

「千萬不可以隨便亂跑，這裡不是只有這家公司而已，還有其他的公司在上班，不能打擾到別人，知道了嗎？」年輕的女性教師告誡著學生們，「好了，大家去吃飯吧，等等一點在這邊集合喔！」

學生們整齊劃一的答應了之後，便四處散開尋找位子以及吃食去了。黎筱愛跟好友共五人找了個靠窗的座位，才剛坐下來，韓沁喜就「啊」了一聲。

「怎麼了？」黎筱愛見好友臉色不對，疑惑地問。

「我……我的手機不見了。」韓沁喜在自己身上的口袋拍了又拍，也在隨身的小包包翻找了半天，「糟糕，好像是掉在剛才那間會議室裡面了……」

「耶……」黎筱愛朝窗外中庭對面的大樓望了一眼，「反正等一下還是會回去剛剛那裡，不如吃完飯再說？」

「不，我覺得現在回去找比較好，雖然今天是週末，上班的人不多，但是一個貴重物品放在那總是不好，而且不找回來，阿喜可能也沒心情吃飯吧？」穆閑聽見她們的談話後，湊過來道。

「難得閑閑也會講出這麼有道理的話呢！」溫宇薇點點頭，「我也覺得先回去找手機比較好！」

「妳想打架嗎？」

「咧——」

這兩人真是無論在什麼情況下都能吵啊！黎筱愛一邊想著，一邊把兩人拉開，「好啦好啦，那……你們在這邊等，我陪阿喜回去好了。也得跟老師說一聲才行……」

「啊，不，我跟妳們一起去。」穆閑推了推眼鏡。

「咦？」本來已經要走了的黎筱愛和韓沁喜同時回過頭咦了一聲。穆閑要跟？

「不用吧？她們只是去找個東西，很快就回來了……」符松看起來也有同樣的疑惑。

「不，我要去。嗯，畢竟週末沒什麼人，兩個女生去不太好吧？我跟她們一起去。」

穆閑轉頭看著符松，露出特別閃亮的微笑。後者皺起眉頭，覺得那笑容看起來帶著滿滿的不明企圖。

「……你不是想陪她們吧？你想幹什麼？」

「唔，你想太多了，阿松，我絕對沒有因為剛剛發現他們辦公室有一個人的桌子上放滿了美國漫畫的周邊才想回去看看的，絕對沒有。」

「那不就是有嗎！」符松嘆了口氣，「我也去。」

「咦，阿松也要去嗎！那不就只剩我一個人顧這個位子嗎！」溫宇薇眼見朋友們都要離開，有些手足無措，「阿松你為什麼要跟去？閑閑要看便讓他自己回去就好了說……」

「我怕這傢伙一時沒忍住去開人家辦公室的門。」符松正色道。

「拜託！那一定是鎖上的好嗎！而且我才不是那種人！」穆閑抗議。

「我跟著去保險。」高大的少年沒理會朋友的抗議，「決定了就走吧，薇薇，就麻煩妳在這裡等一下了。」

「才不要！」少女抓緊了背包的帶子，「我一個人好無聊！我也要去！」

於是原本只有兩人的隊伍硬生生變成了五個。

一群人穿過中庭後搭電梯上樓，雖然辦公大樓很大，走道也有點複雜，但他們才剛走過，倒是不至於找不到路。

一行人先回了那個會議室找到了韓沁喜的手機，又費了一番功夫摸索著找到了穆閑想看的那張辦公桌。那是正對著窗戶的，桌上用各式美漫周邊裝飾得非常別緻，穆閑幾乎要整個人都趴在窗戶玻璃上了，眼睛瞪得直直的。

「那個耳機！那個耳機現在好貴啊，已經買不到了，當時預購時我沒有錢……還有那個模型！第一版的！好想要啊……」

穆閑外表看起來是個充滿書卷氣的文藝少年，但骨子裡其實是個美漫狂熱者，對相關的電影、漫畫如數家珍。但身為一個國中生，自然不會有太多錢能買這些奢侈品，因此他只能每次都看著別人的收藏心癢著。

「要是讓暗戀他的女生知道這傢伙的本性是這樣，不知道會不會心碎。」溫宇薇雙手環胸，用冷酷的眼神看著已經完全聽不見他們說話的穆閑，以溫軟如棉花糖的聲音道。

「大概不會吧，愛可是盲目的。」黎筱愛一邊說、一邊回頭看著另一個狂熱者。

重新拿回手機的韓沁喜正認真地看著群裡的訊息，並不時迅速地打字回覆，偶爾還會露出幸福的傻笑。

「好了，該走了吧？太晚回去的話，午餐時間就要結束了。」符松拍了一下穆閑的肩膀，催道：「走啦，穆閑。」

「咦，等等，我一直在想掛在螢幕旁邊的那個吊飾，那好像是……欸，阿松，阿松你別拖我啊，我還沒——」

「好啦，走了走了。應該是這裡吧？」

不只是符松，連黎筱愛都完全沒有理會還掙扎著想回去繼續看的穆閑，冷酷地掉頭離開了走廊。

「小愛，妳確定是這裡嗎？」韓沁喜四處張望著。

「唔……」

「我覺得我們好像又繞回同樣的地方了耶……」溫宇薇已經緊張得忍不住抓緊了符松的衣服。

黎筱愛看著眼前似乎跟前一條一模一樣的走廊，露出了困窘的表情。

他們離開辦公室之後往回走，但明明只是找到電梯下去穿過中庭這麼簡單的一件事，卻硬是因為找錯了電梯而搞砸了。他們搭到的並不是一開始上樓來的電梯，而到了一樓之後，面對的也不是原本寬闊的中庭以及中庭對面的餐廳，卻是通往外頭的大門，並且還是鎖住的。

一行五人決定繞一圈看看能不能找到通往中庭的出口。畢竟還是同一棟大樓，應該只是開口方向的問題，但他們繞了半天，卻總是繞進死胡同！最終，黎筱愛提議搭電梯回到原本的樓層再去找正確的電梯，結果上了樓之後，就連這裡是哪兒都搞不清楚了。

「這麼說來，這棟大樓好像是……兩棟連在一起的嘛……」溫宇薇忽然想起了大樓的結構，「我們會不會是到了隔壁的大樓？」

「可是我不覺得我們有走這麼久啊……」就連一向穩重的符松也顯得有些慌張，他不安地環顧四周。

週末的辦公大樓很安靜，空間中只有他們的腳步聲迴盪著。

「快要十二點半了……」

韓沁喜看著手機上的時間，有些焦急，「怎麼辦？」

「要不打給老師吧？雖然可能會被罵一頓，但總比困在這裡好。」穆閑提議道。

「好像也只能這樣了，那我……」

阿喜正要撥通老師的電話，黎筱愛卻忽然發現了什麼。

「欸，等等、等等，是這個電梯吧？」

黎筱愛發現前方有一座電梯，跟他們一開始搭的很像，「先下去看看，真的不是再打電話吧，不然會被唸死的……」

聽見這個提議，其他人你看看我、我看看你，最後一起望向了拿著手機的韓沁喜。

少女望著同伴們，愣愣地眨了眨眼，收起了手機道：「好啊？畢竟月月唸起人來真的是很囉唆……」

五人魚貫進了電梯，黎筱愛按下「１Ｆ」的按鈕時，心裡其實有些緊張。

看起來很像，但到底是不是呢？說真的電梯都長得差不多啊……她抬頭看著樓層數字一直往下，五、四……

奇怪，為什麼……

不久，她就感覺出了一些異樣。接著黎筱愛偷偷往旁邊瞄，正好跟也同時偷瞄她的阿喜眼神對上。

「……你們覺不覺得，這電梯下降得特別久……？」

而在她們身後，穆閑說出了兩人心中所想的事。

「嗯……」

黎筱愛看著動得很慢的樓層數字。

有點久……不對，是真的很久，久得異常……

五人面面相覷，沒有人說話。電梯持續在下降，等數字終於從二跳到一時，黎筱愛感覺到身旁的韓沁喜忍不住握緊了她的手。

電梯降到底，停住了。五人也同時緊張得輕顫了一下。

廂門打開之後，面前是一條昏暗的走廊，五個人面面相覷。

「……出去看看？」

黎筱愛看著前方不遠處、走廊盡頭的門，門後似乎有什麼吵雜的聲音，好像很熱鬧。好奇心一下子讓她忘記了自己現在應該要找路回去，她邊說邊走出了電梯廂門。

「小愛，等等！」

「小愛等一下，不要啦……」

韓沁喜跟穆閑追了上去，但少女已經拉開了盡頭的那扇門——

◆◎◆◎◆◎◆

「……啊？」

「……咦？」

在看見眼前景象的同時，追上去的兩人同時發出了驚愕的聲音，就連拉開門的黎筱愛也愣住了。

在他們面前的並不是辦公大樓的走道，或是接待的大廳，而是一條熱鬧的街道。一群穿著奇妙服飾的人來來往往地穿梭著，四周還有小販在叫賣，空氣中飄著各種食物的味道，天空明亮卻不悶熱，不時還有清爽的微風吹來。

「這裡是……什麼地方啊？」韓沁喜看著眼前的景象，愣愣地說。

「……不知道。」站在她身旁的穆閑也看呆了。

「你們走得太快了……嗚哇，這什麼？園遊會嗎？」

大步趕上的符松看見眼前的景象也怔住了，溫宇薇從他身後鑽了出來跑到最前面，看著熙來攘往的熱鬧景象，張著嘴連話都說不出來了。

「要不去看看？」

黎筱愛轉頭尋求同伴們的意見。雖然是問句，但她的眼神看起來閃亮亮的透著期待，一副就是「即使你們不去我也要去」的樣子。

「不是吧小愛，還得找路回去呢……」

「一下子就好，我就看看！」

果不其然，黎筱愛沒等朋友們回應，就迫不及待地跑出去了。

韓沁喜阻止未果，只好也跟著追了上去，「等一下啊！小愛！」

「……我們呢？」符松看著另外兩名友人，無奈地問。

「也只能跟上去了，這種時候最重要的就是不要走丟……欸，溫宇薇！妳等一下！」

「小愛～我也去～」

符松看著兩人一前一後地追上前面兩名少女，翻了翻白眼，嘆了口氣：回去肯定會被罵死的。肯定！

「哇這個是什麼？」

「這個也好奇怪～」

許多攤販沿著牆邊擺設簡單的小店面，黎筱愛一個一個逛過去，大多是糖果攤，也有許多不知道是什麼的東西，只能勉強猜測是食物。

「這個到底是哪國的字……」

韓沁喜彎腰瞇起眼睛看著糖果堆前面插著的很像是說明標示的小木牌。那上面寫著看起來像是文字的符號，但他們理所當然一個字都看不懂。

「這裡好奇怪啊……明明看不懂字，可是說話卻聽得懂，為什麼呢？」她疑惑地自言自語。

「這種方便的設定就不要計較了。」黎筱愛聳聳肩。

溫宇薇對文字什麼的興趣不大，她專心地在看攤位上的商品，而當她眼神掃過對面的攤位時，少女瞬間眼睛一亮。

「啊，那個東西好可愛唷～」

她立刻開心地要跑過去，此時同伴們卻看見了有一個人推著手推車正要走過來——

「薇薇！小心！」

符松大喊，伸出手要抓住她，卻已經來不及了。

「什麼……呀！」

「嗚哇！」

溫宇薇跟一輛迎面而來的推車撞個正著。她踉蹌地往後跌倒，推車也翻倒了，上面的東西灑了一地。符松和穆閑連忙衝上前要扶她，黎筱愛和韓沁喜則慌張地跑去幫忙扶起被撞倒的推車以及推車的主人。

「薇薇，沒事吧？」

「我、我沒事，嚇了一跳而已。妳還好嗎？真是抱歉，我沒看路……」溫宇薇自己爬了起來，連身上的灰都來不及拍就趕忙道歉。

「沒事沒事！哎呀，你們這些小朋友，看起來不像是這裡的人啊？」推車的主人是名婦人，她似乎沒有因為被撞倒的事而生氣，反而笑咪咪地跟黎筱愛一行人閒話家常起來，「你們是來參加慶典的嗎？」

「慶典？這裡在舉行慶典嗎？」黎筱愛一邊幫忙扶好推車、一邊問。

「是啊，這個慶典是我們這裡最熱鬧的活動啦！我早就聽說會有其他區域的人也跟著來玩，沒想到就被我遇上了！」

婦女看起來不知為何很開心。少年少女們幫她把灑出來的物品重新扔進推車裡，黎筱愛定睛看了看，是糖果。

「你們在逛市集嗎？在挑選變身糖吧？唉呀，那邊都不適合你們，作用太大囉。你們才幾歲啊就想吃十個小時的？那些要長大了才能吃。來來，你們應該吃的是這個～」

婦人一邊說著，一邊從推車裡隨便抓了一把出來塞進黎筱愛手裡，「雖然對身體無害，但是時間太長、太激烈的變身，對小孩子來說可能會太刺激。先嚐嚐這種十分鐘效果的吧！好啦，我趕時間呢，好好享受慶典吧，外來的孩子們～」

婦人笑著朝他們揮揮手，推著手推車離開了。

「……她剛剛在說什麼？」黎筱愛望著婦人離去的背影喃喃自語著，「作用太大？長大才能吃？」

「長大才能吃的……酒？」韓沁喜右手搓著下巴思考，「不對啊，酒是用『吃』的嗎？是『喝』的吧？」

「會不會是含酒巧克力？」穆閑打了個響指，恍然大悟地指著黎筱愛手中的糖果，「這些是酒精巧克力吧？」

「是這樣嗎……」黎筱愛愣愣地看著自己手中的糖果。

糖果剛剛好五個，從包裝上看不出什麼端倪，就像是普通的糖果。五人一人拿了一個，黎筱愛剝開包裝紙，熟悉的巧克力氣味飄過鼻間。

「還真的像穆閑說的是巧克力……」

「是吧？」穆閑邊說邊將巧克力扔進嘴裡，「哦，我這顆是……薄荷口味的巧克力？還挺好吃的……」

「有分口味？」溫宇薇也吃了巧克力，「唔姆……香草？有點甜……」

「我的……」黎筱愛也把糖扔進嘴裡，「……噁！什麼味道！為什麼我會覺得我吃的是香菇味！」

「哪可能有那種口味的巧克力啊！」韓沁喜用嫌惡的表情看她。

「真的！不信妳吃，妳吃……」

黎筱愛抓住好友就把嘴湊了過去。

「滾！黎筱愛妳髒不髒！髒不髒！我有我自己的！妳走開、走開！」說著，韓沁喜連忙把自己的那一顆也吃了。

「……奇怪，口感跟香味是巧克力，但是沒有甜味……也沒有苦味。好怪。」韓沁喜一邊嚼、一邊皺著眉頭。

「哪可能有那種口味的巧克力啊！」黎筱愛也用嫌惡的表情看著她，還把這句話原封不動地還了回去。

韓沁喜差點也要衝上去抓住她說「妳吃，妳吃吃看」，但還是忍住了。

「阿松你的呢？」溫宇薇轉頭望著還沒吃巧克力的符松問道。

一時間，四人的目光都齊刷刷地聚集在他身上。符松愣了愣，看看自己手中的巧克力，猶豫了一會才剝開包裝紙、扔進嘴裡。

「什麼口味？」黎筱愛期待地看著他。

「……好像有點茶的味道。」符松一邊嚼、一邊有些口齒不清的說。

「啊～茶口味啊～真想跟你換～香菇味到底是怎麼做出來的啊……」黎筱愛懊惱地嘟囔著。

「小、小愛！妳怎麼……！」

韓沁喜忽然驚恐地喊著她的名字。黎筱愛愣了愣，回頭想看看發生什麼事，卻沒看見好友的身影，而且……她身旁的東西，竟然迅速地開始變大。

「啊？啊啊啊？什麼什麼？咦？咦咦咦？」

饒是對任何事情都接受度很大的黎筱愛，也被這一瞬間的改變嚇得不輕。然後她慌張地喊著：「阿喜！阿喜妳在哪裡？」

「我在這裡啊！小愛妳不要亂跑！唉喲叫妳不要跑啦！」

韓沁喜的聲音明明就在旁邊，但黎筱愛卻完全看不到她的人影。別說是阿喜了，看著身旁忽然大了十幾二十倍的木箱、攤位甚至地板，黎筱愛慌得覺得自己要瘋掉了。

「阿喜！我看不到妳啊……呀啊啊啊！」

少女忽然被什麼東西抓住領子拎了起來。她慌張地慘叫，揮舞著手腳試圖掙脫。

「阿喜！阿喜我飛起來了！不要！阿喜！」

「飛個頭，是我把妳拎起來的！」

韓沁喜的聲音就在耳邊響起。黎筱愛愣了愣，停止了掙扎，仔細瞇起眼睛看了很久，才在空氣中找到一絲絲異樣——看起來似乎只是光影折射的錯覺，但仔細一看，卻勉勉強強勾勒出一個有著兩條辮子的少女的形貌。

「……阿喜？」黎筱愛朝著那應該是、似乎是韓沁喜的「物體」疑惑地喊了聲。

「妳終於找到我啦？怎麼會忽然變小了勒？變小就算了，居然連視力也變差了？妳該不會看不到了吧？」說到這裡，阿喜的聲音有些擔心。

「我變小了？什麼！原來我變小……不對！」黎筱愛揮舞著手腳，慌張地喊著：「我看得到啦，阿喜！我眼睛沒問題！有問題的是妳！」

「啥？」

「妳變透明了！阿喜！」

「……啊？」

韓沁喜呆了呆，她疑惑地看著自己拎住黎筱愛的手，明明是看得到的呀。但在她想開口反駁的時候，旁邊立刻又出了其他的狀況。

「穆閑……還有薇薇！你們……」

符松驚愕的聲音傳了過來，黎筱愛和韓沁喜同時轉頭望去，戴著眼鏡的少年頭上冒出了一對三角形的物體——黎筱愛立刻能認出那是貓耳——而少女卻不見人影。

薇薇呢？黎筱愛又張望了一下，發現有隻羽毛蓬鬆的鳥兒停在穆閑頭上，一下一下地咬著那忽然冒出來的貓耳。

「好痛！住手……什麼東西！」穆閑抱住頭，揮手想把頭上的鳥兒趕開。

小鳥拍拍翅膀飛了起來，張開鳥喙，發出的卻是溫宇薇那軟綿綿的聲音。

「是真的耳朵！所以閑閑你現在有四個耳朵嗎？」

「我……嗯，對耶，四個耳朵……」穆閑摸了摸原本人類耳朵所在的位置，他的雙耳並沒有消失，現在人類耳加上貓耳算起來的確是四隻耳朵，「……等等！剛剛那個聲音，溫宇薇妳變成鳥了？」

「對啊！好開心喔！」

小鳥兒飛了一圈，落在符松肩膀上，用頭蹭了蹭他的脖子，「我會飛呢！」

「不，我覺得現在不應該高興吧。」符松看著變異的同伴們，一時間根本無法從驚愕中回過神來，「小愛變小了，阿喜妳拎著小愛嗎？那妳真的變透明了……穆閑長了貓耳，薇薇變成鳥……等等，那我……」

符松連忙察看自己的身體，手腳似乎沒有什麼異狀，但是當他一低頭，立刻青了一張臉——他知道自己身上的「改變」是什麼了。

「……哇，阿松你……」阿喜的聲音傳了過來，「嘖嘖，好大。」

「哇，好大。」黎筱愛也同聲附和。

「真、真的……」穆閑偷偷瞄了一眼，然後有些尷尬地別過頭，耳朵尖微微地紅了。

符松崩潰地看著自己胸前忽然冒出的兩顆「球」。他連忙從口袋裡掏出手機當鏡子，待機狀態的黑色手機螢幕上映出的那張臉看起來很像是自己的，卻又不像是自己的——一樣的眉眼微微下垂，一樣的高挺鼻梁，但看起來硬是秀氣了許多；胸前原本平坦的地方現在高高聳起，一對男性歡喜、女性羨慕的巨乳就這樣憑空冒了出來；原本合身的褲腰現在甚至有點鬆，褲管長度也變長了，一節褲管鬆鬆地堆在腳踝處。

「變、變成、女孩子了……！」符松不可置信地自言自語著，這時他發現自己連聲音都變得稍微尖細了一些。

「欸，別這麼崩潰嘛阿松，跟其他人比起來，不覺得你的改變還算是滿……」韓沁喜頓了頓，挑選了一下用詞，「輕微……的嗎？」

「最輕微的是穆閑吧！變成女的這個改變一點也不輕微啊！」符松哭笑不得，「為什麼會這樣！」

「這……還用問嗎？應該是因為那個巧克力吧。」

黎筱愛看看自己的手，又好奇地四處張望了一下變得很大的物事。一開始雖然很害怕，但迅速適應後，變小倒是不這麼可怕了……她現在害怕的是掉下去。阿喜把她拎到頭上放著，雖然手指底下抓著的是柔軟的髮絲，但韓沁喜現在是透明的，黎筱愛覺得自己就像趴在半空中，失墜的恐懼讓她緊緊抓著好友的頭髮，僵硬得不敢動彈。

我沒有懼高症都怕成這樣了，讓有懼高症的人變成這樣的話還不瘋掉……她暗想。

「應該是那個巧克力。」穆閑也同意這個推論，「你們記不記得那個女人有提到『十分鐘效果』？也就是說，我們身上的效果，應該只會維持十分鐘吧？」

「那我只能當十分鐘的小鳥了嗎？」溫宇薇的聲音聽起來有些遺憾。

「就連十分鐘我也覺得太長了。」符松翻了翻白眼。

「別這麼說嘛，我覺得你變成女孩子真是……超可愛的耶！」韓沁喜伸出大拇指朝他比了一個讚，然而當事人什麼都沒看見，「雖然男生時長得也不錯，但是阿松姐姐真是我的菜耶！」

「要不是妳是學長迷妹，我都要懷疑妳的性向了，阿喜。」黎筱愛呵呵乾笑了兩聲。

「什麼？妳懷疑我們之間的愛嗎？不！小愛我是愛妳的啊！相信我！」

韓沁喜摀住心口做出心痛的姿態，在她頭上的黎筱愛則因為這劇烈的晃動嚇得膽子都要飛了。

「不！阿喜住手！阿喜不要晃！妳現在是透明的，我總覺得我下一秒就會掉下去！」

「連我都要看不下去了。」符松看著在半空中搖來晃去的迷你黎筱愛，伸手將她輕輕抓起來，放在一旁的穆閑頭上，「妳待這裡吧，在阿喜那邊看起來實在是好危險啊。」

「為、為什麼要放在我這裡？」穆閑察覺自己頭上的那對貓耳朵被什麼東西抓住了。

「有耳朵比較好抓著吧？比較穩。」

「呼，天啊，得救了！」一到了少年頭上，黎筱愛趕忙一手抓住一隻黑絨絨的貓耳，固定住自己的位置。不是透明的，總算是安心多了。

「……五分鐘了。」符松抬腕看了看錶。原本帥氣的運動錶現在因為他手腕變細的關係，看起來比之前還要大，有種不符比例的違和感，「十分鐘之後，真的會變回來吧？」

「也、也只有這個線索了，就等等看吧。」

穆閑原本想抬手拍拍符松的肩膀，但卻在跟他視線對上的瞬間停住了，接著又假裝沒事一般將手收回去，轉頭輕咳了兩聲，欲蓋彌彰地試圖掩飾什麼。

——拜託你不要臉紅！

符松在心裡想著，但沒能說出口。

真是壓力好大。

◆◎◆◎◆◎◆

愛因斯坦是這麼說明相對論的：當你坐在一個美女身邊時，會覺得一小時非常短暫；但當你坐在一個火爐上時，就連一分鐘都覺得漫長。

這個道理同時也套用在現在的黎筱愛一行人身上。

覺得這個改變很有趣的三個女孩子根本不記得現在到底過了多久，而一個不敢再隨意對自己變成女孩的哥們勾肩搭背的尷尬純情貓耳少年，以及另一個對於自己被變成女孩感到無比震驚的崩潰少年，則覺得這五分鐘長得像是五小時。一直到符松出聲提醒逛市集逛得很開心的女孩子們，他們才發現，剩下的五分鐘……老早就過去了。

「……呀，沒有變回來呢。」黎筱愛的口氣聽起來好像這不是什麼大事似的。

「『呀』什麼！現在不是這麼平靜的時候吧！」相對於少女的冷靜，符松看起來則一副快要抓狂的模樣，「我們到底什麼時候才能變回去？這裡到底是哪裡啊？都一點了！老師也沒有打電話來找我們！」

「說到打電話……這裡完全收不到訊號啊。」韓沁喜看著手機上代表收訊的小格子，四格都是灰的，還打了一個小小的叉，「所以沒有聯絡好像也是理所當然的。」

「你們也太冷靜了！我不管了，我要走回去搭那個電梯，然後試試看能不能回到原本的大樓！」平常溫和的符松被一連串異常的事情衝擊得失去了理智。

他轉身就要往回走，穆閑和韓沁喜她們連忙抓住他，「啊，等一下等一下，好嘛好嘛，我們一起走，你別自己去……」

「夠、夠了！諾伊爾！你剛剛說玩完這個就要放我回去的！啊……我不管你了！我要走了！」

就在這時，他們身後傳出了一個少年憤怒的高喊聲，引起了黎筱愛的注意。

這聲音聽起來怎麼這麼熟啊？她疑惑地回頭，看見開在牆上的某扇門被砰的一聲用力推開，一個白色的東西晃著兩隻長耳朵，氣呼呼地從裡面走出來。

「不要~我還沒有玩夠，來嘛，我覺得真的變成兔子的你還滿可愛的啊，待我拍張照片，女王一定會很喜歡……」

「你別想讓我再變成兔子了！黑帽子我警告你——」

「啊！」

在看見少年身後跟出來的穿著黑色大衣的男人時，黎筱愛和韓沁喜同時「啊」了一聲。

「拉比！還有黑帽子！」

「學長他男人……啊呸，學長他朋友！」

兩人齊齊喊出聲。

聽見兩名少女驚呼出聲，符松、穆閑和溫宇薇也忍不住回頭。

「什麼什麼？有小愛妳們認識的人嗎？」小鳥兒溫宇薇在符松的肩膀上跳來跳去。

「誰叫我……咦？」

頂著一對兔耳的白髮少年——拉比，疑惑地朝著聲音的方向轉過頭去，沒有看到預料中的身影，倒是看見了一群明顯是外面來的人。他愣了一下，連忙又躲回屋子裡，再出來時，已經把那身燕尾服整理好了。

「你們好。你們看起來不像是這裡的人。」他走向少年少女們，微微彎腰鞠躬，「我叫拉比。剛剛似乎聽見了我認識的人的聲音，請問黎筱愛小姐……」

這拘謹有禮的模樣跟剛才大吼大叫的模樣實在差太多了。拉比一瞬間又恢復成那個教養良好的美貌王儲，黎筱愛是已經習慣了，但其他人則完全沒搞清楚狀況，面面相覷，一時竟不知道該說些什麼。過了幾秒後，符松才首先回過神來。

「你……你長得真漂亮啊……」

然而，回過神來的第一句話竟是這個。少年——現在是少女——發現自己說了什麼之後瞬間漲紅了臉，差點想找個地洞鑽下去。

他原本只是在心裡想想而已！竟然不小心說出口了！天啊！

雖然說的人羞恥得想死，但聽的人卻毫無反應，只是落落大方地點頭說了聲謝謝。

——啊……還好，看起來已經習慣被稱讚了……也是啦，五官像洋娃娃一樣精緻……從小到大類似的讚美應該聽過很多次了吧……

見拉比沒有特別的反應，符松才鬆了一口氣，咳了兩聲掩飾尷尬，把話題帶回來。

「咳，那個，你……你認識小愛嗎？」

「是的，我跟黎筱愛小姐是朋友。我剛剛的確有聽到她的聲音，但為什麼……」

「我在啦！我在啦！在這裡！」

黎筱愛努力地揮手，但是拉比卻搞錯了方向，他四處張望，很明顯沒有發現變小的黎筱愛。

「咦？的確有聽見……」

穆閑看不下去了，他往前走到拉比面前，抬起手跟他打了招呼，「我是小愛的同學，我姓穆，穆貴英的穆，叫穆閑。小愛現在……出了一點狀況，在這裡。」他指了指頭頂。

「哈囉，拉比。」

現在大約只有兩顆饅頭高的黎筱愛朝拉比揮了揮手。

「咦！小愛！為什麼這麼小……」總算找到人的拉比訝異地瞪大了眼睛，但隨即反應過來，「啊……是這樣嗎？請問，你們是不是吃了祭典上賣的食物？」

「哦！你知道怎麼回事嗎！」

嗅到能夠解決這個狀況的味道，符松三兩步衝過來，「有一個女人給了我們幾個巧克力，我們吃下去之後就變成這樣了！你知道怎麼解決嗎？」

「唔、呃……」眼前的「少女」實在太過氣勢凶猛，拉比忍不住稍稍後退了一些，解釋道：「是的，依照我所知道的，糖果都是有效果時間的，所以超出那個時間的話，應該就會變回來了才對。」

「那個給我們糖的女人的確有說『十分鐘』之類的話，可是十分鐘過去了，我們還是沒有變回來耶？」韓沁喜道。

「啊……？」拉比露出了驚訝的表情。

「哦，你們吃了糖啊。」一直沒有說話的黑帽子這時嘻嘻笑著，彎下腰，整個人掛在拉比身上，「變成鳥，變成女性，變成半獸，變小，還有一個透明……真有意思。」

他愉快地咯咯笑著，被點名的韓沁喜忍不住抖了一下。這個人竟然看得到……

「不用擔心，小朋友們，不可能變不回來的。每種變身糖都有時間限制，時限一到絕對會恢復，一秒鐘都不會多，一秒鐘也不會少。這裡可是方塊那傢伙的地盤啊。」

「方塊？」黎筱愛聽出了關鍵字。其實在看到拉比時，她就已經猜到了——猜到他們現在到底在哪裡。

「這裡是戴蒙陛下的……生之執念管理協會？」

他們在鏡之國！

「不，嚴格來說並不是吶，可愛的小姐。」黑帽子瞇著那雙微彎的眼睛，露出狐狸一般的笑容，「『協會』不在這裡，這裡是方塊王國內的一般居住區。看來大概是空間又接錯了吧？嘿嘿，戴蒙這下有得忙了。」

「居、居住區……是什麼意思？」黎筱愛小聲地問。

黑帽子她見過兩次，兩次都覺得男人身上發出冰冷的壓迫感，讓她覺得很害怕，今天也不例外。少女一邊問，一邊忍不住往後縮了一縮。

「是王國內一般人民居住的區域。」拉比簡單地一語帶過，似乎沒有要詳細說明的意思，「總而言之，你們現在所在的地方，不是你們原本的世界。」

一聽到他們竟然「穿越」了，黎筱愛以外的四個人都愣住了，他們面面相覷，無法相信這種事情竟然會發生。

「騙人的吧。」符松乾笑著，「你說這裡……是異世界？」

「那個……這實在很難理解。」穆閑皺著眉頭，表情非常的困擾，「可以詳細地說明一下嗎？你們剛剛說的方塊是什麼？什麼管理協會？居住區？王國？我每個字都聽懂了，但對他們背後代表的意義完全不懂啊！」

「也是呢，看來你們要在這裡待一段時間了。哪，兔子，說明一下唄。」黑帽子戳了戳拉比的背。

「……」拉比忍下想回頭罵人的衝動，咳了兩聲，簡單地交代起來：「這裡是你們所在的現實世界的『裡面』，統稱為『鏡之國』……」

經過一番簡單的介紹後，一行人大致上瞭解了這世界的狀況。拉比交代了一下四個以撲克牌的花色來區分的國家，並說明了一下這裡的王制，太過詳細的部分則沒有提。如果連圖書館、協會等都要說明的話實在太麻煩了，反正之後方塊一定會處理掉他們的記憶，也不需要說這麼多。

「原、原來如此……所以，你是紅心王國的王儲，那邊的大哥，則是黑桃王國的『王牌』，也就是類似將軍這樣的人啊……」穆閑點點頭。雖然事情聽起來很荒謬，但只要建立在異世界的前提下，似乎一切都可以說得通了。

「什麼，學長的朋友，竟然是這麼偉大的人嗎！」韓沁喜十分震驚，「那……那學長他該不會是……」

她開口想問，但卻被穆閑搶了說話的機會。

「等等，可是拉比你早就跟小愛認識！小愛妳該不會……其實已經不是我認識的小愛了吧？」穆閑一邊問，眼神一邊往頭頂飄了飄，雖然實際上看不到趴在他頭上的黎筱愛。

「拜託，我一直都是我啦！」小愛用力搥了一下他的頭。

「異世界啊……」符松覺得自己連吐槽的力氣都快沒有了，「算了，就這樣吧……不過，既然那邊那位穿黑色衣服的大哥說變化的時間一秒都不會多也不會少，為什麼我們還沒變回來？」

「嗯~畢竟沒有讓『外面的人』接觸過這種方塊特產的變身糖……哈哈，大概是因為外頭的人體質比較特殊吧！」黑帽子看起來很不負責任地隨便下了個結論。

「咦耶！？」

「不……不會吧……」

少年少女們錯愕地彼此互望。

「我……我不會就得一直這樣吧……」最震驚的就是符松，他低頭看著自己宏偉的胸部，表情顯得不能再更崩潰。

「黑帽子，你別亂說話。」拉比輕咳了兩聲，「不會的，各位請放心，你們絕對有辦法變回原來的樣子。畢竟這是我們這邊的疏失，我們會解決的。」

「雖然從來也沒遇過這樣的案例～」

「諾伊爾！」

「哎呀，對了！我知道誰有可能解決這事了！」懶洋洋地掛在拉比身上的黑帽子忽然精神地跳了起來，還用力拍了一下手。

「除了那個人以外，還能有誰？」拉比點點頭，「我們現在就……」

「我們現在就去找我們家的拇指姑娘吧！」

「啊？」

原本想說「我們現在就去找戴蒙」的拉比一瞬間被這個超展開嚇著了。

——拇指姑娘？誰？噢，拇指姑娘好像是最近黑帽子對斯培德的「愛稱」……

——但是這干斯培德什麼事！？

——而且斯培德人不是在社團嗎！

——不就是因為這樣你才忽然闖到紅心圖書館把我綁架走的嗎！

拉比覺得心裡轟地奔騰過千軍萬馬、充滿他一輩子都不會說出口的髒話。

「不對吧，你……」

但就在王儲想出聲提醒黑桃王牌時，男人已經拔出腰間的長刀——刀身通體烏黑，卻泛著金屬的光澤，黎筱愛五人簡直看傻了眼。

「好勒，現在就走囉！」

他朝某個地方隨意地往上一挑，原本空無一物的地方立刻出現一條黑色的裂縫，並迅速擴張成能供一人通過的大小。

「朝著偉大的黑桃王國前進～！」

接著，男人就像趕鴨子似的把所有人都踢了進去。

——到底要搞什麼啊！

被強制扔進裂縫的拉比在心底不符形象地狂吼著，不安地覺得整件事情一定會被這不按牌理出牌的黑帽子搞得天翻地覆……

第二章　黑帽子說：我知道下面要怎麼辦。

"It goes on, you know," the Hatter continued.

戴蒙坐在辦公室裡，一如往常地在工作。桌子上堆著一疊疊的卷宗，而他正翻看著厚厚的資料夾，一邊在上面簽名並蓋上具有魔法效力的印章，一邊拿起左手邊的咖啡杯輕啜了一口。

這是一格局方正的寬大辦公室。左右牆面並不是一般的白色牆壁，而是兩面巨大的螢幕牆，螢幕牆上有視窗不斷地閃出又關掉，許多的數字、資料正在歸檔或計算。方塊需要處理的資料過於龐大，早就已經全數位化了，只有需要跟其他國王交換的，或是較為重要的資料，才會以紙本方式印出。

但即使如此，需要看的紙本資料也相當多。戴蒙合上了一本厚厚的資料夾，將其放到一邊，又打開了另一本。

「叩叩。」

敲門聲輕輕地響起，兩聲，間隔一秒，分毫不差。

「進來。」他頭也沒抬地說。

木門發出輕微的金屬摩擦聲後打開了，一名穿著窄裙套裝的女性走了進來。那是個面容姣好的女人，但臉上卻沒有任何表情，冷冷的散發一股不好親近的氣息。她戴著一副鏡框窄長的紅色眼鏡，一頭淺金灰色的長髮在腦後盤成一個規矩整齊的髻。

整體來說，她給人一種非常完美的幹練女性的氣息。唯一有些格格不入的，是她左耳垂著一個菱形的紅色耳墜。而且只有左耳，右耳空空如也。

來人是方塊的王牌，卡特。也是目前四名王牌中唯一的女性。

「陛下。」她在戴蒙桌前站定，道：「我來報告早上定期巡檢的結果。」

「請說。」戴蒙依舊沒有抬頭，繼續看著手上的工作內容。

「好的。工作狀況的部分，二區到九區都沒有異常，每天的案件處理進度也都在誤差容許的範圍內。」卡特看著手中的平板電腦，逐項報告，「機械的部分，三區、四區以及八區的伺服器有輕微的故障損壞，十一區已經儘速派人維修，並已修復。」

「嗯。」

「十區的研究組在新藥的研究上已經有了一些進展，新的藥品配合魔力可以更大的增幅效用，目前已經在最後實驗中。」

聽到這裡，戴蒙稍微抬了抬眼。

「什麼性質的？」

「一個治療性藥，兩個攻擊性藥。治療性主要效用是肌肉組織再生，預估成功開發的話，可以比現有的效果高約百分之十。兩個攻擊性藥物分別是麻痺效果以及中毒效果，麻痺時間以及強度比現有的要高出約百分之十五的效果，中毒則主要是頭暈以及昏迷的症狀，副作用小，發作更快。」

「副作用小，也就是說還是會有副作用。什麼副作用？」

「嗯……」說到這裡，卡特有些遲疑，但她很快回答：「副作用是，醒來後有一定機率對第一個看到的人隨機喊出瓊●的臺詞。」

這話一說出口，整個空間立刻出現了死一般的寂靜，只剩下電腦發出的微小滴滴聲。

戴蒙望著卡特，卡特也望著自己的國王，這個沉默持續了大約一分鐘，戴蒙才點點頭，道：「好吧，雖然我總是弄不懂為什麼出現的副作用都是這類型的，但新的總是比現在那種要好多了。」

「是的，研究人員也覺得，瓊●經典臺詞的殺傷力，比目前常用的那種『醒過來後有機率抓住身邊的人跳一段大腿舞』的副作用要來得較為和緩。」

「嗯。還有嗎？」

「還有……」

卡特又依序報告了幾個雜項，戴蒙的視線又回到了手中的工作，但該有反應的時候他還是會點點頭，輕輕地「嗯」一聲。

「……所以我們需要遞補約三十五個新的工作『人偶』。這是已經挑選好的，要製作成人偶的執念名單，請您看一下。以上。」

「好的，謝謝妳。」戴蒙接過了那份名單，翻了一下後點頭道：「沒有問題，妳安排一個時間，我們一起處理。」

「好的。」

國王將名單交還給了王牌，然後繼續埋頭工作。王牌看著他，像是要說什麼，卻只是盯著，遲遲沒有開口。

「……還有事嗎，卡特？」

戴蒙被盯了一陣子後，終於忍不住抬頭望著她，道：「如果都已經報告完畢的話，就去處理今天的工作吧。」

「陛下，這幾天的工作都沒有什麼特別異常的，交給人偶們就可以處理完畢。」卡特的回答聽起來牛頭不對馬嘴。

「嗯？好像是這樣沒錯，這一週以來是都很平靜。」戴蒙將文件夾中的一份資料抽了出來，將它放到另一疊資料上頭。

「陛下，您多久沒有休假了？」

「兩個月又十七天。」戴蒙一邊看文件一邊回答，「但我偶爾會在送公文去給其他國王時順便散個步。」

「您是想跟我說那樣就算足夠的休息了嗎？」卡特冷冷地瞇起眼睛。

戴蒙抬眼瞄了下她，沒打算回應。

「我想提議，今天是居住區的『狂歡節』，您要不要休個假，去好好放鬆一下？」

卡特最終提出了這個提議。雖然方塊的風格一直都是一板一眼、有條不紊的，但每一任的方塊國王都沒有例外，全是工作狂，稍微好一點的會把休假也排進工作表裡面，強迫自己休假，稍微不好一點的就像戴蒙這樣，如同一臺不停運轉的機械，沒有考慮過休息這件事。

「不了，謝謝妳的好意。」戴蒙想也沒想就拒絕了，「一、我並不覺得疲倦，我每天晚上的睡眠時間都很充足，飲食也正常，營養均衡，算上出差的話也有足夠的運動。二、我並不特別喜歡狂歡節。吃下以執念的力量製成的糖果，改變自己的形貌大玩一場，藉由這種瘋狂的改變來發洩壓力……我理智上可以理解，精神上可以支持，但我敬謝不敏。」

卡特挑了挑眉毛。也對，這個主子是有些潔癖，她倒是忽略了這一點。

狂歡節是方塊王國行之有年的節日。方塊王國繼承國王的風格，住民們平常也都是一板一眼、有條不紊，謹守秩序，且禮數周到的。但這樣壓抑的方塊王國居民們，一年中有兩次可以瘋狂玩樂的機會——那就是「狂歡節」。

一般的方塊國民都很喜歡這個節日，幾乎是全民參與。「協會」每區的負責人都是由國內選出來的，每到了這個節日，大家就會盡可能地調整自己的休假時間去參加活動，所以今天在工作崗位上的幾乎沒有多少人，只有不屬於生物的人偶自動工作著。

卡特以往都沒看過戴蒙去參與這個活動，原本只以為是國王太忙無暇參加，正好最近比較閒散，才想提議讓戴蒙休個假。戴蒙的潔癖讓他一開始就對節日沒有興趣這點，倒是完全出乎卡特的意料之外。

「……妳想去的話，我倒是可以准妳一天假。」

戴蒙補充。他也知道這個節日非常受歡迎，也知道今天「協會」裡的人幾乎能跑的都跑了，但他並不在意。雖然一板一眼向來是方塊國民的作風，但只有在狂歡節這天，一切都是特殊的。

「不，我的休假比您要充足許多，您都不需要靠狂歡節發洩壓力的話，那麼我就更不需要了。」卡特微微欠身行了個簡單的禮，「那麼我出……」

就在這時，四周的螢幕牆閃了一下，同時跳出一個視窗，紅色的警告標示一閃一閃的有些刺眼。

戴蒙與卡特互望了一眼，卡特走向螢幕牆點了幾下，調出一個看起來像是詳細報告的視窗，仔細閱讀之後詫異地回頭看著戴蒙，道：「……有『外面』的人跑進來了。在慶典第三區街道上產生了一個空間錯置，他們是通過那個空間錯置進來的。」

「果然閒散這種話是不能隨便說出口的……」戴蒙嘆了口氣，「闖入者有幾名？」

「五名，但其中一名帶著通行證……那也算闖入者嗎？」

「通行證？」

方塊國王挑了挑眉毛。他腦中立刻冒出了某個名字。

「唔，而且他們……」卡特繼續看，然後一瞬間露出了厭煩的表情，「……跟黑桃的王牌似乎碰上了。」

「什麼！」

戴蒙的反應終於大了起來，「諾伊爾！他怎麼會在這裡！那傢伙為什麼不在黑桃博物館待著，卻要跑來方塊居住區？」

「這個我不清楚，不過您放心，紅心的王儲跟他在一起。」

「這更不能放心了，紅心王儲在黑桃王牌面前簡直就只是一隻能拎著跑的小兔子，毫無牽制力。」戴蒙思考了一會，「定位他們，然後馬上……」

才剛說完，螢幕上立刻又跳出了一個警告視窗。

「空間切裂……」戴蒙看著那四個字，覺得頭有點疼。

「為什麼……空間切裂不是只有黑桃王牌的『一斬一滅』才能使用的技巧嗎？他為何要動用王牌武器……」卡特越發不懂了。

「他們通往哪裡？」戴蒙問。

卡特的手指靈活地在螢幕上飛舞，迅速叫出了追蹤視窗，但卻跳出了錯誤訊息。

「不行，『一斬一滅』是王牌武器，層級很高，如果是由它開出空間裂縫的話，我們無法追蹤。」

戴蒙嘆了一口氣，倒回沙發上，揉了揉額角，道：「沒關係，妳直接讓系統搜索方塊全境看看，至少確認他還在不在這裡，確認後向我回報。雖然人手不足，但只是要找到他們的話，就憑我們兩個也是綽綽有餘的。」

「好。那我出去了。」

卡特欠身行禮後便迅速地退出了辦公室。

方塊國王站起身走向身後巨大的落地窗往下望。窗外金黃的陽光暖洋洋地灑在庭園造景的小灌木上，金色與綠色看起來十分平靜和諧。

真是會找麻煩啊！

他嘆了一口氣。

◆◎◆◎◆◎◆

「歡迎光臨～這裡是黑桃的國度～」

黑帽子跳出裂縫，原地轉了一圈，然後彎腰向黎筱愛一行人誇張地行了一個九十度的鞠躬禮。

他們出現在一座寬闊的小高丘上。小高丘四周散落著堆放好的木柴以及一袋一袋不知是什麼的麻布袋。天空很藍且明亮，卻不熱，非但不熱，甚至可以說是有些涼。但現在已經六月中了，黎筱愛平常在家裡就算不吹冷氣，電扇也是隨時開著的，這裡的季節很明顯跟「外面」並不一樣。

在小丘下方不遠處，能看見一座巨大的黑色聚落——那應該就是黑桃的居住區吧，黎筱愛想著。

整個城市的建築都由深色的石材建造而成，整體往中間緩緩傾斜而下，城市中樓梯很多，地勢高高低低的並不平緩，許多地方冒出紅紅的火光與煙塵，看起來像是在淬鍊什麼。在城市的正中央，最低窪的地方建著一座宏偉的高塔，如劍一般將整個城市牢牢釘在群山懷抱的盆地中。

「這裡好舒服哦……」韓沁喜深吸了一口氣，發出了滿足的嘆息。

「哎喲，透明的小姐似乎很喜歡我們家呀。」黑帽子嘻笑著靠近她耳邊說。

韓沁喜被嚇得往後跳了一步，把符松撞了個正著，差點兩個人一起往後倒。還好符松雖然變成了女孩，但該有的力氣似乎並沒有消失，他穩住了自己並胡亂地抓住韓沁喜把她扶住，然而因為少女幾乎是完全透明，於是——

「咦，好軟……哇！」意識到自己摸了不該摸的地方的符松，立刻如觸電般的把手拿開，臉也瞬間漲得通紅。

「阿松偷襲我胸部！」被摸的韓沁喜的聲音聽起來只是尖聲怪叫，似乎並不是真的很生氣。

「什麼！真的嗎！阿松你真的有摸到嗎！阿喜不是號稱洗衣板中的洗衣板嗎！」鳥兒溫宇薇在旁邊拍著翅膀，用軟糯的少女聲音喊著。

「我我我也不知道！我不是故意的！我看不到啊！」符松已經慌張得手足無措了，但溫宇薇太小，韓沁喜又是透明的，他看起來就像是一個人對著空氣說話、還手舞足蹈，像個神經病似的。

「那我也要摸你的！」阿喜伸出了她的魔爪。

「嗚啊啊阿喜快住手！我道歉還不行嗎！對不起！妳不要摸……呀！」

黎筱愛、穆閑以及拉比默默地回頭看著鬧成一團的三人。雖然嚴格來說，他們只看得到一個人。

「你們同學感情真好。」拉比道。

黎筱愛轉頭，正好看見少年的側面，纖長的睫毛半遮著紅玉般的眼睛，她竟隱約感覺到拉比似乎有一絲……羨慕。

「你跟我感情也很好呀！」她站起來，「嘿」地跳到穆閑的肩膀上，然後奮力朝著就站在旁邊的拉比的方向蹦了過去。

「我……哇！小小小愛！妳在做什麼！」

拉比轉頭正要回答，正好看見黎筱愛朝他跳過來，少年連忙用雙手去接，一陣手忙腳亂，還好沒讓黎筱愛摔到地上。

「我看你很羨慕的樣子，就來陪你囉。」

黎筱愛嘻嘻笑著，然後很自動地往上爬到他肩膀上。

「咳，我、我並沒有這樣想，請妳不要亂說話。」拉比慣常地輕咳了兩聲，又神經質地拉了拉一點都不皺的衣角。

坐在他肩膀上的黎筱愛發現他白皙的耳朵呼地紅了。

「小愛自來熟的等級實在太高了。」穆閑看著他們倆，感嘆地說道。

「是啊，那可是小愛耶。」符松也同意。

「對了對了，我從剛才就很想問了！不過一直沒找到機會！」

韓沁喜活潑過頭的聲音忽然在拉比身後響起，把兔子少年嚇了好大一跳，黎筱愛差點被震下去。

站在拉比旁邊的黑桃王牌眼睛盯著空無一物的空間，眼珠飄呀飄的，視線始終定在繞著自己轉圈的透明少女身上，嘴角噙著讓人摸不透的微笑，嗯了一聲，「想問什麼？」

「那個……你……」在這個關頭阿喜卻忽然有些扭捏了，「你」了半天才終於小聲地問說：「你……跟嚴琅鋒學長……很熟？」

這話一出，黎筱愛跟拉比兩個人忍不住對望了一眼。

「糟糕，萬一讓她知道學長也是……」黎筱愛小聲說。

「……反正都這樣了，也不可能不讓她知道。沒關係，等你們出去之後，戴蒙會處理的。」拉比輕嘆一口氣。事情都搞成這樣了，再多透露一些也沒差了。反正一切後續的麻煩事交給方塊國王就好——怎麼說都是在他家捅出來的婁子，最後當然還是得由戴蒙這勞苦的國王去收拾。

「嚴琅鋒？誰啊？」

沒想到，黑帽子歪頭露出疑惑的表情，竟是給了這麼一個回答。

看見他這副模樣，原本喜孜孜的阿喜一時有點愣了。

她認錯人了嗎？可是依照他們這麼多次跟拍偷拍光明正大拍的一大堆照片來看，有這麼特殊的半黑半白的髮色，還能長著一副這麼好皮相，有著既危險又慵懶的眼神的帥哥，應該不會有第二個人了吧？

「好熟啊，我想想啊……哦，想起來了，嚴琅鋒，那傢伙的名字嘛。」

想了半天，黑桃王牌總算是想起自個主子在外頭用的名字了。他衝著韓沁喜瞇起眼睛，露出笑容，道：「很熟啊。」

「所、所以，學長果然……不是我們那世界的人嗎！難怪這麼厲害！」韓沁喜緊張得微微喘氣，那興奮的表情讓黎筱愛覺得不忍直視，「那、你們、你們是……什麼關係？」

「我們啊……」

黑帽子拖長了音，啊了好幾秒，才繼續接下去道：「他是我親愛的……」

黎筱愛聽見了一個細微的、倒抽了一口氣的聲音，然後接下來是輕微的砰一聲。她往地上望去，草地上依稀有一個人形。

韓沁喜被黑帽子的一句話打出了爆擊，血條清空，陣亡。

「……國王陛下。」

這四個字，黑帽子故意講得很慢很小聲，連拉比都是要很注意才能聽見。他露出鄙視的表情看著黑帽子，這傢伙實在是太惡意了。

「……能聽到這種發言，我覺得我死而無憾了……」被刻意誤導的發言擊倒的少女的聲音，幽幽地從地上傳來。

「別死啊，處理屍體好麻煩的。」黎筱愛冷酷地吐槽。

「唉呀，怎麼就倒了，躺在這不大好吧。」黑帽子嘻笑著伸手把她拉起來。

在其他人眼中，他就是彎著腰把一個什麼看不見的東西往上提，看起來分外詭異。

「呀，天哪，我摸到了，我摸到學長他朋友的手了……！」韓沁喜的聲音氣若游絲，簡直像是隨時會斷氣似的，「竟然可以親耳聽見這種充滿愛的發言，還能摸到本人……小愛快點，快點幫我拍張照，我要拿回去羨慕死群裡的那群人……」

「拍什麼啊，根本拍不到妳啊！」黎筱愛受不了地翻了翻白眼，「而且我現在這種尺寸怎麼按拍照鍵啊？」

「啊，對哦，我現在是透明的，妳現在是迷你的……所以我們都沒辦法，」韓沁喜總算找回了一點理智，「雖然說是透明，但我還是看得見自己的手腳耶！這種感覺好奇怪啊……」

「那個……」剛剛脫離了韓沁喜的魔掌之後就一直站在後頭的符松，終於忍不住開口問道：「我們是不是快點去找可以解決問題的人比較好？一直拖下去的話……」

「哦，這位小少爺說得是呢！」黑帽子拍了一下手，然後用一副剛剛才想起來的表情跟大家說：「隨我來吧，帶你們參觀一下黑桃的居所～」

「咦，不是要去……」

「順便找人唷～」

黑帽子自顧自地往前走，朝小丘下方的聚落走去。被留下的其他人互望了一眼，也只能小跑步跟上。

黑桃的居住區跟方塊的看起來完全是截然不同的兩個風格。雖然街道與建築也同樣是由石材建成的，但方塊家使用的是偏淺色的石材，黑桃這邊使用的則是深色、黑色的石材，一眼望去，整座城市都黑漆漆的。在充滿著異國風味，正確來說是有一點電玩遊戲般歐洲中古世紀風格的街道上，充斥著各式武具店、鐵匠坊、皮革坊、武學教授班等等。

「這裡……常常被侵略嗎？」穆閑忍不住問。

「嗯？沒有呀，我們雖然有四個國家，但彼此並不敵對，所以不會有侵略這種事。」黑帽子道。

「是哦？但我覺得你們這裡看起來非常的……」穆閑思考著要怎麼形容自己所看見的情況，「具有戰鬥力？」

「哦，我們的確是四個國家裡頭最擅長戰鬥的。」黑帽子臉上始終帶著愉快的微笑，但那笑容看起來總是帶著些不懷好意的感覺，像隻猛獸，也像狐狸，「畢竟國王也是四個花色裡最擅長戰鬥的囉！所以整個國家也崇尚武術。」

「所以你們受到的不是國家的侵略，而是其他東西的威脅嗎？嗯……」穆閑認真地思考著。

「與其說是有什麼威脅我們，不如說是我們去找那些東西的麻煩，嘻嘻。哎呀，這看起來真不錯……」

前一秒還在聊著天，下一秒黑帽子就飄忽地跑到他們經過的武具店櫥窗去看武器了。

這個情況從進了街區之後一直在發生，有時候他會忽然不見人影，就在五人一鳥不知該怎麼辦時，他又忽然從哪間店的門口走出來；有時他會直接把他們帶進店裡，樂呵呵地轉一圈，然後再離開。這導致他們一行人行進得非常慢，最想脫離變身狀態的符松走在後面要催也不是、不催也不是，簡直要急瘋了。

「……那個，他真的是黑桃的王牌，對吧？」黎筱愛小聲地說。

「是的。」拉比點頭。

「我覺得他好像……怪怪的？」

拉比輕嘆了一口氣，「黑帽子是四個花色的王牌中戰鬥能力最高的，但是……沒錯，他有點不正常。」

「還真的喔？」黎筱愛抬頭看了看很快樂的走在前面的黑帽子，「那……他為什麼會被選為王牌？」

「黑桃主要還是以戰鬥能力為主，所以在遴選王牌時，戰力會是第一個考量。黑帽子當年輕鬆打敗了所有的參加者。」

「哦……」

「……這之中還有一個插曲。當時他打敗所有人之後，整個選拔賽理應就結束了，但沒想到黑帽子他轉身就朝前任黑桃王牌撲了過去，前任當然也不是好惹的，兩個人就這樣打了起來，據說當時整個擂臺都毀了，還波及到觀眾席。雖然前任的黑桃王牌一直試圖制服他，但是卻越來越位居下風……」

「最、最後呢？」趴在拉比頭上的小愛緊張地抓緊了那對兔耳。

「最後……說也奇怪，那時斯培德還是王儲，他眼看戰況不妙，抄了一把劍就跳下場想支援前任王牌，結果黑帽子在看見斯培德下場時竟然就馬上停手了。」拉比一邊回憶、一邊道：「我當時還很小，一切都只是聽母親說的，不過黑帽子那時好像說了……」

「我說，『哎，這位就是我未來的主子嗎？太好了，長相是我的菜。』」

原本走在前面的黑帽子不知何時走到了拉比身邊，紅心王儲嚇得往旁邊一跳，趴在他頭上抓著一對兔耳朵的黎筱愛也嚇得差點鬆手掉下去。

「咦，為什麼這麼緊張？我只是剛好聽見你們在聊我們家的拇指姑娘，還剛好講到我，就補充了一下。呵呵，沒事，你們繼續啊～」

黑帽子說完，又走到前面去帶路了。

不知道是不是因為他身上散發出來的那股不正常的壓力，雖然一行人都懷疑他帶的到底是不是正確的路，也懷疑他口中的「拇指姑娘」到底能不能解決問題，但卻都沒有出聲質問，只是沉默地跟在後面。

「……總之——」

拉比喘了好大一口氣，聲音又壓得更低了些，「雖然他行事作風非常瘋狂，但至少有一個好處——他似乎不會違抗斯培德的命令。所以他就這麼成為了黑桃的王牌。我知道的就這些。」

「哎呀，到了到了。」

就在他們交談的時候，黑帽子忽然在一個很多人聚集的地方停了下來。少年少女們疑惑地望著眼前聚集的人潮，一時還沒搞清楚現在是什麼狀況。

「好香喔。是炸東西的味道。」韓沁喜用力嗅了嗅，「我好餓。」

「我也是……」黎筱愛也覺得餓了，畢竟他們中午什麼都沒吃，「這是賣吃的店？賣什麼的？」

「小吃攤？那個可以解決問題的人……在這裡？」符松疑惑地抬頭問黑帽子。

「在！每個週日他都會來這裡玩一趟！」黑帽子肯定地點頭。

玩？眾人心中忍不住冒出了大大的問號。

看見黑桃王牌這麼肯定地說主子在這裡，連拉比都開始有點懷疑黑桃是不是其實已經回來了。

「喂，黑帽子，斯培德他不是——」

「喝！」

人群的中央忽然傳來一聲爆喝，打斷了王儲的確認。似乎有什麼從裡面飛了出來，那個方向的人群急忙往旁邊讓開。黎筱愛一行人看見人群往左右移動，原本想跟著一起閃，好在那個從裡頭飛出來的「什麼」在他們面前停了下來。

「唉喲……」

還發出了呻吟。

「是、是個人！」穆閑嚇了一大跳，他跟符松連忙彎下身子將那人扶起來。

「發生什麼事了？」原本趴在拉比頭上的黎筱愛站了起來試圖看清楚前面發生的事情，奈何拉比並不高，她跳了幾下愣是什麼都沒看見，反而換來拉比幾聲不悅的輕咳。

「小愛，不要在我頭頂上跳。」

「啊，對不起……」

「還有人要挑戰嗎！」

站在人群中央的是一個高大壯實的男人。他雙手抱胸，接著神氣地望著圍觀的群眾大聲道：「慣例的！週日一點到一點半的特別活動！只要打倒老闆就可以免費獲得十人份的炸肉餅！已經有十四人挑戰失敗了，剩下最後一個名額！最後一個名額！沒有的話就要結束囉！」

一行人這才明白，原來這是一個招攬生意的活動。仔細一看，壯碩的男人身後有個小店面，油鍋正在咕嘟咕嘟冒著泡，兩個店員一個裝袋、一個把捏好的肉餅扔進鍋裡，裝好的肉餅堆得跟小山一樣，金黃金黃的，發出陣陣讓人口水直流的美味香氣。

「這次國王沒來啊……」旁邊的人群竊竊私語著。

「好像是，不然以往都是黑桃國王負責收尾把那十人份拿走的……」

「最後一個名額……我要不要去試試看呢？」

「我我我！我！」

此時，黑帽子舉起了手，一邊喊一邊跑進了中央。

人群看見黑衣青年走進去時，先是一愣，接著迅速地退了一大步，整齊得讓人讚嘆。

「瘋、瘋帽子！」

站在中間的肉餅店老闆也猛地後退了一步，甚至臉色都有點青白，「你、你為什麼會在這裡？我還以為是國王陛下要來呢！」

「瘋帽子？」黎筱愛疑惑地扯了扯拉比的兔耳。

「請妳不要把扯我的耳朵當成叫我的手段……『瘋帽子』是他的別稱。」拉比無奈地回答。

「這傢伙名字還真多啊。」

「啊，什麼，他沒有來嗎？」黑帽子聽見這個消息，疑惑地反問，「他不是每個週末都會定期來收尾並享受大家的掌聲嗎？」

「你看這情況就知道他沒來啦！來了的話活動早就結束……」說到這裡，老闆又覺得似乎不太對，怎麼說得好像自己一定會輸給國王似的？雖然是事實，但身為男人，總是不大想承認。他乾咳了兩聲，補充道：「咳……不對，雖然國王來了，活動也不見得就結束了，但總之，今天他沒來。」

「這樣啊。」黑帽子點點頭，「好吧，那我就代替我的親愛的來玩這個活動囉。」他咧開嘴露出大大的笑容，然後微微彎腰，摸上腰間的刀柄。

「等一下！等一下！」老闆慌張得大喊，「不能使用武器！只能肉搏！」

「啊？有這種規定嗎？」黑帽子皺了皺眉頭。

「有！有有有！一直都是這樣的！大家說對吧！一直都是這樣規定的！」老闆慌忙向圍觀的眾人尋求支持。一群人你看我、我看你，雖然都點頭，但也沒人敢大聲地說出來。

「好吧～好吧～」黑帽子解下刀帶隨手往旁邊一扔。價值連城、幾乎可以說是獨一無二的王牌武器「一斬一滅」就這樣被丟在地上，所有知道那把刀的價值的人心裡都忍不住抽了一下。

「就肉搏。」黑帽子擺出了架式，笑得更開心了，「來吧。」

黎筱愛覺得老闆看起來都要哭了。

黑帽子最終毫無懸念地抱走了那十人份的炸肉餅。他一個人吃不完，而身邊的小朋友們都餓了，於是情況很自然地演變成一群人人手一個，站在路邊就啃了起來。

「有點可憐。」韓沁喜看著被擔架抬走的老闆，有些不忍地說。

「放心、放心，不會有事的，我可是很～手下留情了喔。自從拇指姑娘他警告我跟平民切磋時只能點到為止之後，我就再也沒有把人打死過了。」

「……」

不知該從哪裡開始吐槽才好。不，應該說完全不敢吐槽。

少年少女們默默吃著炸肉餅，很香，調味很棒，而且肉汁飽滿，非常好吃，最棒的是黑帽子保證這就是普通的食物，吃下去絕～對不會有問題。

實在是太好了，既好吃又不會被變成莫名其妙的東西，而且剛好能填飽肚子……當然，如果剛剛沒有見到那場只能用單方面的欺凌來形容的戰鬥的話，應該會更完美才對。他們現在吃著這肉餅竟然還有點罪惡感。

「好啦！」黑帽子解決了自己的那一份，拍掉手上的渣，把紙袋隨手一扔，「接下來我們去……」

「停！很抱歉打斷你，諾伊爾，但我必須問你一個問題。」總是被打斷的拉比終於找到了切入點，他下定決心要把這問題問出口，不能再讓黑帽子隨便亂跑下去。

這樣下去，他們一輩子都回不去！紅心王儲很肯定地想。

「喔，什麼事呀，小白兔？」

「請不要叫我小白兔……咳，不是。」拉比乾咳了聲，把話題拉了回來，「你要找斯培德來解決這個問題對吧？可是斯培德他不是出門了嗎？」

「……嗯？」

黑帽子看著拉比，沉默了好半晌，最終冒出一句：「……拇指姑娘出門了？」

他竟然歪著頭反問。

「你早上是這樣跟我說的啊！」拉比見他這副完全忘得一乾二淨的樣子，心裡就忍不住冒火，「而且要找他也該回博物館找吧！在居住區瞎晃……」

「唔~~啊，對哦！」黑帽子像是沒在聽拉比說話似的，自己想了半天，接著用右拳在左手掌上輕輕搥了一下，自言自語著道：「他早上出門了！」

「你這種恍然大悟的口氣實在……」

「對~哦~我都忘了~我就是因為這樣才跑去找你的嘛！」

「……」

拉比什麼都不想說了。他覺得好累。

「哎呀~我不小心忘了。我記性不太好。抱歉啦各位~」

黑帽子朝他們嘻嘻笑著，雖然嘴裡道歉，但一行人完全不覺得他有道歉的意思。

——你完全就是故意的吧？

大家心裡想的都是同樣的一句話，只是沒有人敢說出口。

「既然那個……什麼拇指姑娘他出門了……那……那現在還有誰可以搞定這件事？」

符松其實很抓狂，但見識到黑帽子的破壞力後，他又沒有那個膽子抓狂，簡直是欲哭無淚。

「已經一點多快兩點了……」穆閑也開始覺得有點急了，「老師他們現在八成滿大樓的在找我們呢。」

「我們家的不在～我就什麼都不知道囉～」

黑帽子聳聳肩，擺出一副莫可奈何的樣子。

「別再鬧了，諾伊爾，戴蒙陛下應該可以搞定這件事，我們去找他，然後趕快把他們變回來送回去吧……」

拉比試圖把事情的發展方向拉回正軌，但後者一聽見戴蒙的名字就假裝沒有聽見，還伸出小指掏了掏耳朵。

拉比覺得自己的忍耐度已經快要到達極限了。他握緊了拳頭。

「……好！我知道了，不想去找方塊也不要緊！」他大聲道。

大家都被這個長著兔耳的漂亮少年嚇著了，從相見開始，他可沒用這麼大的聲音說過話。連黑帽子都挑了挑眉。

「哦？怎麼，小兔子你有主意？」

「麻煩你開空間裂縫。」拉比瞪了他一眼。

「去哪？不去方塊家哦。」黑帽子嘻嘻笑著說。

「不去方塊家。去我家——去紅心王國！」

「回去找前任國王嗎？好呀，也行～」黑帽子抽出腰上的「一斬一滅」，還舞了個劍花，笑道：「走囉！」

墨黑的刀尖在空無一物的半空中劃下，就像剛才在方塊王國那樣，一條細細的黑線隨著劍劃過的軌跡出現，然後裂開成足夠一人通過的大小。

黑帽子把少年少女們都趕了進去，拉比看著異常聽話的黑桃王牌，總覺得哪裡非常不對勁。

但是去紅心王國，紅心是自己的地盤……還能出什麼問題？他想不到。

在踏進空間裂縫之前，拉比回頭偷瞄了一下。青年的臉上，不知何時又掛上了那像是打著什麼主意的笑容。

第二章　如果你也像我一樣了解時間。

If you knew Time as well as I do.

從熱鬧的方塊王國到非常有精神的黑桃王國，再進入紅心王國的時候，一行人有些不太能適應。

「好……好安靜啊。」符松看著眼前安靜得彷彿睡著般的城市，忍不住放輕了聲音。

「好悠閒的地方喔……」溫宇薇也不由自主地放輕了聲音。

與之前的兩個城市不同，紅心王國看起來甚至不太像是一個「城市」，比較像是一個巨大的住宅區。商店明顯的比前兩個國家要少，每棟房子看起來都很像私人住宅，只有一些小咖啡店因為開著門而且在門口放著桌椅，才看得出來是商家。

紅心王國的房子平均比前兩個國家要大一些，而且建得不高，超過兩層樓的建築不是很多，整個城市如攤平一般廣大地向外延伸。綠色植物的數量也比前面兩個國家要多出很多，家家戶戶都有小庭院，路上也有高大的行道樹，雖然這時間正是一天最熱的時候，紅心王國的溫度也比黑桃要高，但走在紅心的街道上，一點也不感覺悶熱，反而有種舒適清爽的感覺。

這種明確的區域差別的感覺，讓黎筱愛覺得很新奇。在方塊王國時他們沒有出去看，不太熟悉方塊王國是怎樣的構造，不過黑桃王國他們是從城外走進城內的，可以很明顯的感受到城市的風格。黑桃王國就像是一個砸進大地裡的、堅硬巨大的黑色岩塊，建築的發展是向上與向下的，整個城市有很多上上下下的樓梯，道路相當錯綜複雜。

一行人走在安靜的街道上，由拉比在前面帶路。紅心的每間房子都是由青石、木材及青瓦建成的，還有很多人在前庭挖水池，水潤的青石磚看起來就讓人覺得有種清涼感。午後暖和的陽光配上潺潺的水聲，實在是非常的舒服。

「哈啊……」變成透明人後存在感驟降，所以老是想要出個聲音證明自己還存在的韓沁喜大大打了個呵欠，「不知道為什麼，一到這裡就好想睡。」

「我也是。」黎筱愛趴在拉比頭上，也打了個呵欠，「這裡實在是太舒服了……真是個適合居住的好地方。」

「對啊，你看，他們的日子看起來過得好悠閒啊～」韓沁喜四處張望，「幾乎每一家都有躺椅或吊床，而且還不止一張，好多人都躺在吊床上面睡覺。看著看著真的讓人好想跟著一起睡……」

「就是說啊，連店門都關起來了……其實今天是假日吧？」

兩名少女討論得熱烈，但趴在拉比頭上的黎筱愛卻沒看見紅心王儲的臉色欲發難看。

「……不會吧……糟糕，現在幾點了？」

少年從口袋裡掏出懷錶，打開確認後，皺起眉頭，表情有些凝重。

「拉比？」

黎筱愛往前爬了一段距離，低頭跟著一起看懷錶。現在是下午兩點。

「有點趕。不知道能不能在『午休』開始前到達王城……」

「午休？」一群外頭來的孩子異口同聲地對這個詞表達了疑惑。

「就讓我來個簡～單～易～懂～的說明吧。紅心王國呢，就如同大家所見，是個非常非常非～常～閒散的國家。不是懶哦，是閒散，生活節奏很慢，而且重視休閒時間。每天下午兩點十五分，他們會固定關上店門，整～個國家進入午睡的狀態，一直到四點半才會起床。」

黑帽子很親切地幫拉比說明了情況。但那聲音怎麼聽都是幸災樂禍。

「午休會影響到我們嗎？」黎筱愛有些疑惑，「國王也午休嗎？」

「會，會有非常大的影響。」拉比斬釘截鐵道，同時加快了前進的速度，「王城有保護屏障，從王城大門開始，一定要乘坐掛有紅心通行證的馬車才能到達內城門口，而這樣的特殊馬車，只有王城門口才有。但只要『午休』一開始，全國的活動都會直接停擺，馬車自然也會停駛了；也就是說，如果我們無法在午休之前見到父王的話，那就要等到四點半了。」

「有、有點太久了。」符松哭喪著臉說。他是五個人裡面最想趕快恢復原狀的，畢竟性轉換的衝擊實在是太大了。雖然溫宇薇變成了鳥，改變看起來比他要劇烈，但如果可以選的話，他寧願當隻鳥。

「我也覺得太久了。」拉比嘆了口氣，「外面的人在這個地方待得越久，影響就會越嚴重，現在雖然不知道有什麼問題，但還是快點把你們恢復原狀並送出去比較好。只能盡量趕了。總之，請跟上我的腳步。」

一行人急匆匆地走過街道，黎筱愛不時依依不捨地回頭張望他們路過的有可愛裝飾的房子以及小櫥窗。

紅心王國實在是一個好舒服的地方。不知道以後偷溜去圖書館時，能不能叫拉比帶她再過來玩呢？少女趴在王儲頭上想著。

走出了幽靜的巷弄，他們看見的是一條寬廣的道路。路上的人比之前看見的要多一些，旁邊的店家也終於變多了。許多店面門口都放置著躺椅以及小遮陽棚，有許多人已經躺臥在上面跟朋友聊著天，等待午休時間的到來。

而在他們對面，斜前方的路口處，站著兩名正在聊天的衛兵。拉比看見那兩名衛兵時，原本凝重的表情也稍稍和緩。

「太好了，那是紅心警備隊！如果跟他們借調馬車的話，我們就可以直接搭車進入內城了！連到外城前的這段路都可以省了！」

「馬車！我沒有搭過！」溫宇薇很興奮。

「快點快點！」黎筱愛抓著兔耳催促。

拉比想瞪她，奈何看不到自己的頭頂。

一行人由拉比帶頭，迅速地穿過大路，朝著兩名衛兵快步走去。

相比起興奮的少年少女們，走在後面的黑帽子表情看起來則有點陰晴不定。原本掛在臉上的笑容收了起來，取而代之的是一臉無趣。

隨著他們越來越接近，兩名王城警備隊隊員聊天的內容，也飄進了黑桃王牌的耳中。

「我剛剛聽說，王儲拉比殿下好像從圖書館裡失蹤了。」

「啊？真的嗎？」

「聽說是被綁架了。」

「怎麼會有這種事！可是一切看起來都很平靜……」

「天曉得，聽說正在調查中……」

黑帽子的笑容又重新掛回了嘴角。

——原來還是可以讓事情變得很有趣嘛，我還以為就這樣結束了呢……

「咦，那不是……」

「啊！」

兩名衛兵很快注意到跑來的拉比，互相對望了一眼，臉上都是不解與疑惑，「殿下！」

「兩位好。」拉比走到他們面前，兩名衛兵迅速跪下行禮。

「不是說被綁架了嗎？」

「我是這樣聽說的啊！等等可能要回去通報說王子殿下沒事……」

拉比沒有在意他們的交頭接耳，迅速免了兩人的禮，正準備開口要求要馬車時，卻忽然身子一輕，被攔腰抱了起來，還被摀住了嘴。

「！」

這個狀況讓所有人都愣住了。不知何時湊到他後面並把他抱起來的黑帽子朝兩名士兵挑了挑眉，像扛麻袋似的輕輕鬆鬆把拉比扛到肩膀上，接著抽出腰間的配刀。

「諾伊爾！？」拉比驚恐地大喊，「你要幹什麼！」

「咿啊——！」小愛又差點掉下去，拉比趕忙扶了她一下。

「你是誰！」

「放下殿下！」

兩名衛兵立刻也抽出了腰上的配刀，緊張地看著對王儲做出異常失禮舉動的男人。因為階層太低的關係，他們並不知道眼前這個人就是黑桃王國的王牌。

「你們說呢？我大概是……」黑帽子瞇了瞇眼睛，笑得非常開心，「綁架犯之類的？」

說完，黑帽子用「一斬一滅」在地上畫出一個圈，石磚地面立刻開了一個黑色的大洞。

「哈哈哈哈！」

「哇啊啊——！」

黑帽子直接就掉了進去，一群嚇呆了的孩子們也同時被空間裂縫吞噬。兩名衛兵見狀立刻想追過去，但裂縫迅速地閉合了，地面還是完完整整的。

兩人面面相覷，都愣住了，好一會才能發出聲音來。

「剛剛……那是……」

「綁架！那個人說他是綁架犯！快點通知所有崗哨！」

「諾伊爾你幹什麼啊！」

拉比快要瘋掉了。他被黑桃王牌跟個痲袋一樣扛在肩膀上奔跑，隨著奔跑的動作，他的胃一直被一下一下地頂著，覺得自己剛剛吃的東西都快吐出來了。

穿過空間裂縫後，一瞬間他們出現在不知名的巷弄中，黑帽子就這樣扛著拉比開始狂奔，而其他的少年少女雖然不明就裡，但人生地不熟的，也只能跟著跑。拉比雖然是紅心王國出生的，但國家這麼大，他也不是每條路都走過，除了能夠用街景和建築風格來辨認出這還在紅心王國境內、沒有被轉移到什麼奇怪的地方以外，就算是他這個在地人，實在也無法分辨這裡到底是哪裡。

——這傢伙想幹什麼！

「你快點放我下來！」王儲再也顧不得什麼禮儀或是措辭，他氣憤吼著並用力掙扎。

「啊，要下去？好啊！」

黑帽子直接鬆開手，拉比沒來得及反應就這樣慘叫一聲，摔了下去。

「嗚啊啊！你……」

「嚇、嚇死我了……」

王儲正要發作，頭上卻傳來氣若游絲的聲音。

「小愛！妳沒事吧？」

他連忙將頭頂上的黎筱愛抓下來，迷你的少女躺在他手裡，看起來已經被晃暈了。

「嗚……沒想到……我也有暈兔子的一天……」

「……」

拉比有點想鬆手讓她掉在地上。

不過就是想想而已。

「那個，發生……什麼事了……？」

因為這個插曲，一群人才終於停下來稍事休息。

穆閑累得靠在牆邊喘氣，符松也喘得厲害，但是他仍四處張望著喊：「阿喜？阿喜還在嗎？」

「在呢……哈……」

空氣中傳出喘息聲與斷斷續續的回答。

「嗯～也沒什麼，就是玩一個角色扮演。」

黑帽子看起來真是一點事也沒有，連汗都沒流。剛剛經過全力奔跑的一群人光是看著他那身黑漆漆的軍裝大衣都覺得熱到頭頂要冒煙了，實在無法理解他為什麼看起來一點都不熱。

「角色扮……演？」

「綁架犯、肉票、以及綁架犯的同夥。」

黑帽子開心地解答。但是其他人都用不開心的眼神看著他。

「肉票……」拉比發現他說的好像也沒有錯。

「不、不對吧，我們什麼時候成為綁架犯的同夥了……」這個發展太脫離常識了，穆閑驚愕得啞口無言。

「我們應該能算進肉票裡吧……」符松很無奈。

「都可以啦，不要在意這種細節嘛，角色自己挑就好囉。」

「在那邊！」

「拉比殿下！」

就在這時，巷子的另一頭出現了腳步聲以及叫喊聲。人數聽起來很多。

「喲嘿，休息夠了嗎？又要跑路囉！」

黑帽子興致勃勃地原地跳了兩下，拉比連忙道：「等等，我們為什麼要跑？我們……」

「跑囉！」

沒有給拉比把事態導正的機會，黑帽子一把將人拎起來，又開始往前狂奔。符松和穆閑面面相覷，發現也沒有其他辦法，只好跟著又開始跑。

「我說你——！」

拉比這次沒有被扛在肩上，而是被黑帽子單手環住腰、拎在腰旁邊，待遇並沒有改變，依舊是麻袋。他努力掙扎著想下去，但手中捧著黎筱愛，黑桃王牌的力氣又奇大無比，他那點反抗根本只是蚍蜉撼樹，徒增情趣而已，什麼實質的用處都沒有。

——可惡，這諾伊爾到底想做什麼……！衣服都亂了啦！

拉比完全掙脫不開，反而搞得自己滿頭大汗。他困難地掏出懷錶，這麼一折騰下來，原本就不多的時間又去了好些。再不快點的話，別說見到紅心國王了，連大門都進不去。

「這邊這邊！圍堵！快！」

「哦？」

就在拉比絞盡腦汁思考該怎麼突破現狀的時候，前方也傳來了喧鬧聲。看來是紅心侍衛們發現他們在巷子裡，調動人馬打算來個前後夾攻，直接堵死。

——太好了！不愧是我家的警備隊！只要能擋下諾伊爾，我就趕快說明現在的情況，然後……

「想抓到我？再加把勁哦～」

黑帽子抽出「一斬一滅」的瞬間，拉比心都涼了。

「你不要再鬧了～！」

「哈哈哈哈哈！」

黑刃無聲地切開空間，紅心王儲崩潰的大吼與黑桃王牌開心的笑聲混在一起，一群人衝進空間裂縫，在準備夾擊的紅心警備隊面前再一次活生生地消失了。

「……」

◆◎◆◎◆◎◆

戴蒙坐在辦公室裡，看著紅心王國傳出的異常報告，俊朗的臉上毫無表情，連眉毛都沒有皺一下，就像戴了張面具一般。但身為王牌兼秘書兼副手的卡特知道，他這是已經氣過頭到沒有反應了。

許久，戴蒙終於嘆了口氣。

「黑桃不管哪一個……都是非常非常會找麻煩的傢伙……。」他揉著隱隱作痛的太陽穴，用喃喃自語的音量這樣說。

「這的確是一件無法否認的事。」卡特點點頭，臉上滿是無奈的問：「現在要怎麼辦才好？他如果一直使用空間切裂的話，我們很難判定座標。就像現在，雖然知道他們在紅心王國，但是只要一移動，我們鎖定好的標的又會立刻消失，這樣又要全區重新搜索……」

「目前為止的損失表出來了嗎？讓我看一下。」

戴蒙盯著眼前的螢幕。原本好不容易搜到的目標立刻又消失了，同時該地出現了一個很短暫的空間亂數，很明顯是黑桃王牌又帶著一票肉票轉移了。

「損失……？」卡特聽見這兩個詞，愣了一下。

「怎麼？」

「陛下您這麼一說我才發現……這次並沒有什麼太大的損失報告。」卡特拿出平板電腦開了幾個頁面察看，道：「除了黑桃王國有個賣小吃的男性因為被黑桃王牌攻擊而進了診療所之外，似乎沒有其他的損失。」

「黑桃王國那個男人是不是常常進醫院？還都是在週日？」

「是的，他的就診紀錄的確很頻繁，而且的確都是在週日……但以前似乎都只是皮肉傷，這次稍微嚴重一些，有骨折，但基本沒有生命危險。您怎麼知道？」卡特一邊看著資料，一邊疑惑地問。

戴蒙冷漠的表情忽然有了些軟化，就像一股暖流抹過冰川上方。身為副手的卡特立刻明白了。

這事，大概跟黑桃國王斯培德有關吧。

「他一直都是那樣。週日會有特賣，以前那傢伙還是王儲的時候，週日會拉著我們說要去吃免費的炸肉餅。但也不是每次都吃得到，小時候打不過老闆的次數還是比較多。」

方塊的國王淺淺地笑了，但那笑容一閃即逝。他推了推眼鏡，手拿下來的時候，又換回了一張冷冰冰的臉。

「嗯，除了那個以外，有其他的損失嗎？」

「是，沒有了，就那些。紅心王國這邊也沒有傳出什麼很大的損失報告，諾伊爾似乎沒有攻擊紅心警備隊。」

「我知道了。」戴蒙往後靠在椅背上，稍微放鬆緊繃的精神，「那就不用管他。」

「可以嗎？」卡特重複確認。

黑桃王牌諾伊爾是極其危險的人物。他強悍、瘋狂、我行我素，除了斯培德以外，沒有人可以控制他。當初知道「黑帽子」家系的人成為了黑桃的王牌時，戴蒙就覺得不妥；然而，因為各個國家所需要的王牌特性都是不一樣的，所以他並沒能改變這個結果，只能默默地做好自己該做的事——支援。

說難聽一點就是擦屁股。

他們不知道幫亂來的黑桃王牌收拾過多少次殘局，不管是外面出任務時闖的禍，還是在國內闖的禍。一般來說，只要有斯培德在，都不會鬧到太無法收拾的地步，但今天黑桃國王不在，卡特有些懷疑，這樣放著真的可以嗎？

「妳知道地震吧？」

對於卡特的提問，戴蒙沒有回答，反而丟出一個看似毫不相關干的問題給卡特。

卡特點點頭，道：「知道。不過我只有在書上看過。據我所知，是『外界』會發生的一種自然災害，由各種原因引起，其中比較大的因素是板塊移動摩擦所造成，會造成巨大的損失。」

「嗯。有時候，不會一次發生很大的地震，而是會每次都發生震度小的地震，連續個幾天。這樣的狀況是比較理想的，小地震不容易引起太大的災害，而且這表示岩層有定期釋放壓力，發生大地震的機率會變小。這叫做定期能量釋放。」

「我懂了。」

卡特畢竟是個聰明人，她很快理解了戴蒙的意思。

「嗯。就讓他定期能量釋放一下，我們繼續監控著就好，不要出手干預。反正等他玩夠了，自然會收手，而且現在看起來，他並沒有『失常』，只是很有節制地在惡作劇而已。」

「那麼那些外頭來的孩子……」

「那些孩子們只能跟著他，而要是諾伊爾打定了主意不來找我，我們是抓不到他的。就且走且看吧，找適當的時機出手解決。」

卡特點點頭，轉身出去了。戴蒙轉頭望著顯示各區域情況的大螢幕，很輕很輕地嘆了口氣。

不管再怎麼工作狂，他心裡多多少少是有些無奈的。

原本以為是個能稍微輕鬆一點的假日啊……

◆◎◆◎◆◎◆

「那邊那邊！」

「圍堵！快！」

「又不見了！」

「三隊回報說出現在第五街！」

「快走快走！」

明明應該是非常閒散的「午休」前，今天的紅心警備隊卻跟炸了鍋似的在大街小巷不停地瘋跑。許多正等待要休息的紅心國民都看到警備隊們正追著一個全身黑的青年以及一群看起來有點奇妙的小孩——好吧，奇妙並不是重點，在鏡之國裡，怎麼樣都不算是太奇妙——到處跑來跑去。大家都交頭接耳地討論那個黑色青年跟孩子們的來歷，畢竟在鏡之國裡犯罪率並不高，能讓警備隊追成這樣的更是一個都沒有，大家是真的很好奇。

「跑到花草路去了！」

「那個人用的到底是什麼武器為什麼可以一直跑！他到底是誰啊！」

「不知道啊……」

衛兵們每個都追得氣喘吁吁，上氣不接下氣，他們覺得已經快要把整個地區繞遍了，卻怎麼樣都抓不到那個綁架王儲的綁架犯。更氣人的是，綁架犯就這樣晃過來晃過去，即便是使用那個奇怪的武器製造空間裂縫來逃跑，也不是真的逃走，就只在附近繞著，看起來根本不是真的要綁走王儲，而是在耍著他們玩。

「十三街！」

通訊器傳出了新的訊息，四、五名還喘著的衛兵忍不住發出了哀號。

「十三街很遠啊！」

「饒了我們吧……還是你們小聲點！小聲點不要被發現，他就不會跑了！」

「剛剛是不是有試過啊？但是那個穿黑衣服的怪人溜得跟兔子一樣快啊！」

「不，王子殿下才沒有這麼快呢……」

「並不是在說王子殿下！」

衛兵們吵成一團，要追、不追都沒個定論。而就在他們附近，一個原本躺在躺椅上、臉上已經蓋著書本，舒服地準備迎接午休的青年，似乎是受不了這種吵雜，把書從臉上拿下來朝衛兵的方向瞄了一眼。他看了一會，又把書蓋了回去，過了幾秒鐘又拿下來瞄了一眼……最終，青年嘆口氣，緩緩地翻身下了躺椅，拎起他掛在躺椅邊上的劍，朝著衛兵們走去。

「所以說……」

「問問。」青年出聲打斷了衛兵們的談話，「王子殿下他發生什麼事了？」

忽然被搭話，紅心衛兵們疑惑地紛紛轉頭看著來人。

青年看起來約莫二十五、六歲，高高瘦瘦，灰金色的頭髮半長不短，軟軟地留了一縷小尾巴在脖子後頭，右耳掛著一只小小的耳墜。他身上穿著素淨的白襯衫，紅底金邊的外套披在肩上，腰上斜纏著黑色的皮帶，黑色長褲包裹著線條優美的長腿，蹬著一雙看起來穿了很久，有些破爛的深棕色皮靴。

青年的長相算得上是出眾，唯一的缺點就是那下垂的眼睛沒什麼精神，看起來似乎很想睡。

「這……這我們無可奉告。」其中一名衛兵擺擺手想把人趕走，「這是機密，不得洩漏，你只要知道我們在抓人就可以了。」

「喔？」青年歪了歪頭，把手中的劍提了提，做出一個遺憾的表情，「難得我有興趣想幫個忙……那好吧，我繼續去等『午休』了啊。」

他轉身就要走，但後頭的衛兵卻又忽然叫住了他。

「等……等一下！」

「？」

他懶懶地回頭瞄了一眼，只見其中一個衛兵盯著他，用有些不敢置信的口吻道：「那、那把劍……還有外套背後的王徽……你……不，您是……您是……現任紅心王牌，葛里風……！？」

「我是。」青年──葛里風大大地打了個呵欠，「我還以為你們真的不用我幫忙，沒想到只是沒認出來啊？啊……不怪你們，基層都不大認識我，畢竟我主要還是在圖書館和王宮裡……」

「王牌大人！」

「王牌大人幫幫忙！」

沒等他說完，一幫發現竟然是上司來搭話的衛兵就衝過去圍著他討救兵了。

「王子大人現在被惡徒挾持著！惡徒似乎有可以短程穿越空間的武器，我們根本追不上，每次要追到時就跑了！請您幫忙營救王子殿下！」

「惡徒……長什麼樣子？」

「黑色長大衣！裝飾有點奇怪！頭髮一半黑、一半白，戴著黑色的帽子，長相看不太清楚！」

「黑色大衣……」

葛里風看著一干愁眉苦臉的衛兵，歪著脖子從口袋裡掏出懷錶看了看，嘟囔道：「黑色大衣、黑色帽子啊……聽起來很不妙啊……還說不定不是綁架呢。唉呀……這時間所剩不多啊……」

「不是綁架？但是他親口說他是綁架犯……」衛兵都被搞糊塗了。

「有綁架犯直接跟你說他是綁架犯的嗎？」葛里風搖搖頭，「這傢伙你們對付不了，人全撤了吧，我來。他們最後出現在哪裡？」

「剛剛回報，第十三街！」

「……好遠啊……」

葛里風非常不給面子地露出了一副「怎麼這麼麻煩」的表情，「算了算了，你們別撤了，我就在這等，你們十分鐘內把他趕過來。」

「趕、趕過來？」

「十分鐘內啊，不然午休了，人就跑了。開始倒數計時了啊！」說著，他掏出懷錶，認真地開始數：「六百、五九九、五九八……」

「還、還不快通知十三街附近的小隊！」

衛兵們都要哭了。這算是幫忙嗎！這人要怎麼趕啊！對方每次開空間出來都不知道在哪裡，他們哪能這麼精確的趕過來啊！

然而，再怎麼沒辦法，命令還是命令。他們只能努力地、認真地，繼續像趕會瞬間移動的鴨子似的，在整個紅心王國繼續東奔西跑……

這邊衛兵們愁眉苦臉追得上氣不接下氣，那邊黑帽子一群人也沒好上多少。除了估計HP有999的大魔王黑帽子、以及不需要用腳跑步的人以外，其他人被這麼帶來帶去的跑，生命值早已經見底了。

「哈、哈、我不行了……哈啊……」穆閑第一個放棄，一屁股就靠在路邊的樹底下坐了下來，「再跑下去、要死了……」

「哈啊……哈啊……我、我也是……」符松也跟著靠在旁邊，滿臉都是汗水，衣服都濕了，「太累了這……」

「閑閑你體力好差哦。」停在少年肩頭的溫宇薇很沒心沒肺地追加攻擊。

「妳好意思說！妳在我跑著的時候都停在我肩膀上！」穆閑吼著，但小鳥的反應只是拍拍翅膀飛到符松那邊蹭去了。

「我也覺得……要累死了……」韓沁喜的聲音從樹的另一邊傳來，不知道是不是因為流了汗的關係，少女的身影稍微變得比較好辨認了一些，「那個……黑帽子先生？你都……不會累嗎？」她望向看起來依舊清爽的黑帽子，有些疑惑地問。

「怎麼會累？我才想說，原來外頭的小孩體力都這麼差～我們有跑多少嗎？明明只是一直轉移而已呀。你說是不是啊，小兔子？」始作俑者理直氣壯地數落著他們，還轉頭尋求支持者。

「……」

回答他的只有沉默。

被拎著的拉比已經不想說話了。他看看懷錶，哀莫大於心死。

他已經完全懂了。黑帽子的目的就是引起混亂然後逃跑，擺明了就是鬧他，不想讓他進王宮找國王。雖然不知道黑帽子為什麼要這麼做，但反正……黑帽子做事情也沒什麼目的，他就是個謎一樣的人物，只有斯培德制得住他……好吧，要是戴蒙在的話，應該還能打個平手……然而，現在這些人都不在，自己只是還沒完全繼承力量也還沒長大的王儲，根本沒有能與戰鬥取向的「黑桃」王牌相抗衡的能力……

拉比陷入了一種「反正我就是拿他沒轍還不如省省掙扎的力氣躺平任蹂躪」的低落情緒裡，兔耳都沒精神地垂了下來。

「……不過……好像……」穆閑稍稍平復了呼吸，朝街道的左右望去，「好像沒有人再跟來了……」

「好像是……不然一般都是停個一分鐘不到就馬上又要跑……」符松也覺得這狀況有些太靜了。

黑帽子挑了挑眉毛，「不會吧，這麼快就放棄了？兔子，你在紅心是不是不太受到愛戴啊？」

「……」

拉比決定當作沒有聽見。他要裝死到底。

「哇，還真趕來啦？這些基層的衛兵還是挺有本事的啊……」

就在這時，一道慵懶的男聲在他們前方不遠處響起。

黑帽子一行人立刻朝那方向望去，兩名少年心裡十分緊張，就怕又出了什麼問題，自己又得繼續被拖著跑。但他們沒有再看見鬧哄哄的紅心衛兵，只看到一個高瘦的身影從前方不遠的小巷裡鑽出來。

「……嗯？哇哦。」看見來人，黑帽子吹了聲口哨，「這次來了大的啊。」

他放開了拉比，後者勉強站定後疑惑地望著聲音來的方向，懷疑自己是不是聽錯了。這個聲音聽起來好像有點熟……但是那個人？會出現在這裡嗎？

「是……黑桃王牌對吧？好像叫做諾伊爾……啊算了，叫名字太麻煩了，還是叫你黑帽子吧。」

葛里風拎著劍朝他們走來。他的態度完全不像是來救人的，彷彿只是散步路過一般，閒庭信步地走到一行人面前，然後站定。就連站姿都是沒精神的三七步。

「你抓著我們家的兔王子，有何貴幹呢？」他問。

「現任的紅心王牌，葛里風……」黑帽子叨唸著，「沒什麼，就是玩個角色扮演遊戲而已～」

嘴上說得很輕鬆，但青年卻邊說邊抽出了腰間的「一斬一滅」，眼神充滿著愉快的殺氣。就連幾個毫無戰鬥經驗的少年少女，都能看出現在的黑帽子跟之前純粹玩弄衛兵時的態度完全不一樣。

這個人現在看起來好危險。穆閑和符松忍不住往後退了一些，只有韓沁喜著迷地看著黑帽子，兀自興奮不已。

「好……好帥啊……！」

「……」

穆閑和符松都用無法理解的眼神看著她。迷妹真是一種恐怖的生物。

「紅心王牌？紅心王牌不是玎跟瑺嗎？」

有些虛弱的少女聲音從拉比胸前口袋傳出。

王儲連忙將黎筱愛從口袋裡抓了出來，「小愛？妳醒啦？」

「嗯，剛剛實在好暈啊，被晃來晃去的～不過我休息一陣子之後有比較好了！」少女俐落地又爬上了他的頭頂，抓住兩隻兔耳坐穩，還喊了聲：「拉比號！再次出動！」

「……」

拉比很想把她晃下去。但他再次忍住了。

小愛坐定後，愣了下，然後喃喃自語著：「我剛剛是要問什麼……喔，王牌？他是現任王牌？」

「是的。葛里風是真正的『現任』王牌。玎和瑺跟我一樣，都只能算是見習而已。要等我正式繼位了，他們才會真正繼承王牌的力量。」

「那我平常怎麼只看見玎跟瑺，都沒看過他？」

黎筱愛邊問邊望著看起來就像只是站著，但實際上似乎已經在對峙的二人。嗯，有壓迫感，好大的壓迫感。

「這個嘛……葛里風這個人，不太積極，有些懶懶散散的。他原本是父王的王牌，父王和母后成婚後，依照慣例將圖書館移交給母后，他就繼續留著輔佐母后。但其實老早就想跟父王一起退休了，所以早早找了玎和瑺當接班人，很早以前就把他們訓練到可以接任，母后一離家出走，他就也立刻找了個藉口回居住區，把業務全丟給玎和瑺。不過……」

「不過？」

「雖然他平常總是一副快睡著了的樣子，但他是紅心歷史上少數可以把王牌專用的武器『一妄一虛』發揮到極致的、極為少見的高戰力紅心王牌。說不定……」

想到這裡，拉比有些興奮。

說不定這亂七八糟的旅程，可以因為葛里風而有個結束！

忽然，原本站著不動的黑帽子猛地像個炮彈似的朝葛里風衝了過去。青年迅速抽出腰間的細劍「一妄一虛」，準備應戰。

就在快要衝到對方身前時，黑帽子極快地在空中劈開了一條黑色的裂縫想鑽進去，但葛里風眼神一凜，持劍的手一挑一揮，身子已經在空間裂縫中消失了一半的黑帽子莫名的整個人又出現了，還迎上了那一劍。他反射性地揮刀擋下，鏘的一聲金屬碰撞聲響，兩人分別往後跳開，極快地結束了一瞬間的短兵相接。

黑帽子後面的其實都只是長年戰鬥的反射動作，他當時根本沒搞清楚是怎麼回事，但落地的瞬間他就懂了。接著黑帽子一個滾地穩住身形，馬上又衝了過去。

葛里風持劍上前迎戰，兩人刀光劍影一來一回打得很快，有時黑帽子會忽然閃到葛里風身後，而每當大家都以為這次葛里風定要中招時，他又輕輕地一劍就抵銷了攻擊，反身還擊。

一群孩子看花了眼也沒看出什麼門道來，只覺得這架……打得還真好看。

「好帥！黑帽子好帥！」迷妹韓沁喜這時早已忘記自己被偶像拖著到處亂轉累得跟狗一樣的事，完完全全沉浸在黑帽子戰鬥的風姿中。

「怎麼……怎麼會這樣！」黎筱愛興奮又緊張地緊抓著拉比的兔耳，「剛剛發生了什麼事！太快了我沒看懂！」

「我……我也……」拉比皺著眉頭，努力想看出一些端倪。他看是看出來了，但也只能看出一點點，畢竟戰鬥不是他的強項。

「一開始黑帽子衝過去時，原本應該是想要切開空間，直接繞到葛里風後面去……妳看，就像現在這樣……唉呀，結果還是沒討到好……嗯，然後葛里風一劍挑掉了他的空間裂縫，所以他就被打出去了。」

「那個東西可以挑掉的？怎麼挑？」

「這就要從『一妄一虛』的能力說起了……」拉比道，「紅心家系的武器最大的特色就是『時間控制』，這一點王牌和國王都是一樣的。但是怎麼發揮與應用，要看每個人跟武器的配合程度，像我跟『無念無想』就還有得磨合。」

「但是葛里風他不一樣，他天生跟『一妄一虛』就很合拍，他知道怎麼藉由那把劍精細地操縱極短的時間，進而產生『抵銷攻擊』的效果。他開頭的那一挑，劍身碰到空間裂縫的瞬間啟動能力，把時間倒退個幾毫秒，直接取消了這個『事件』，順帶利用那超微小的時間差想砍黑帽子一劍，但黑帽子躲過了……」

黎筱愛張著嘴愣了好一陣子才回答道：「……你說的話我一個字都聽不懂。」

「這……沒關係，沒什麼好懂的。」拉比並不強求。他自己也只看得出這麼一點，真要講解，可能要找斯培德來了。

「那……那你告訴我現在誰占上風就好？」

「唔……」拉比瞇了瞇眼睛，看看刀光劍影、紅黑交錯的一團，「好像是……」

就在這個瞬間，葛里風抓準黑桃王牌的一個微小空檔，刺出一劍，黑帽子沒來得及擋下，「一妄一虛」森白的劍鋒抵在他喉嚨前，只要再往前推進一點點就會見血。

勝負已分。

兩人都喘著氣，黑帽子咧開了嘴，大大地笑了。

「不錯，不錯，好厲害，真的很厲害，沒想到一向被認為是戰鬥最弱的紅心王牌，竟然能把我壓制成這樣……」

「嘛……彼此彼此，你打得也很恐怖，還招招下殺手……我要不是摸透了『一妄一虛』，還不被你捅成篩子。太狠了，實在太狠了。」葛里風回答。

他就算喘著，聲音聽起來仍舊是那麼懶。

「好啦～你現在可以乖乖回去了吧？雖然我不知道發生什麼事，但我們家的王子殿下就交給我吧。那邊的幾個也是。雖然好麻煩，但誰讓我還是現役紅心王牌呢……就交給我處理吧。」

「葛里風！」

拉比忍不住開心的要跳起來了。他終於可以脫離黑帽子的魔掌了！再也不用被當成麻袋扛著了！也不用被拖著到處跑了！最重要的是，整件事情終於可以回到正常的處理方式，等等就能把小愛他們送回——

等一下。

現在幾點了？

拉比忽然想到那件非常非常不妙的事。

「……嘿嘿，那也要看你有沒有時間才行。」

黑帽子嘻嘻笑了。葛里風愣了一下，當他還想張口再說些什麼的瞬間，巨大的鐘聲忽然響了起來。

「噹——噹——噹——」

就在鐘聲響起的瞬間，葛里風手一軟，「一妄一虛」匡噹一聲掉在地上，他整個人則往前栽倒下去。黑帽子彎腰順手接住了他，剛才還意氣風發的青年軟軟地靠在黑帽子懷裡，眼睛緊閉，呼吸平順——

睡著了。

拉比看著這景象萬念俱灰。

「怎、怎麼回事……？」

剛剛還看戲看得正精采，也以為自己可以逃脫黑帽子魔掌的符松和穆閑都傻住了，愣是沒搞懂到底發生了什麼事。這個叫葛里風的傢伙，怎麼才剛說要帶他們走，卻這樣倒下去了？

「我都說了～兩點半是要睡覺的。」黑帽子嘻嘻嘻地笑了幾聲，那聲音說有多討厭就有多討厭，「這就是紅心王國的『午休』。全國強制睡眠，要睡到四點半才會起來～我們偉大的紅心王牌就要在這裡躺到四點半嘍。其實要不是那邊的小兔子現在隸屬於紅心圖書館，不是居住區的屬地，不會受到影響，不然他現在也該倒了。」

「不、不會吧……」符松連話都說不出來。

「強制……午睡……這太扯了……」穆閑覺得自己的三觀受到了顛覆。

「仔細想想，這裡可是異世界呢，好像也就不奇怪了。」現在也只有韓沁喜能這麼冷靜地做出結論了。

「好啦，小兔子。」黑帽子收了劍，拍拍自己身上的灰，轉頭朝拉比燦爛一笑，「拖時間戰術成功！午休囉！你爹沒指望了，咱們去找下一個人吧？」

拉比這下真的什麼都不想說了。

第四章　要不要、想不想，一起跳舞？
Will you, won't you, will you, won't you, won't you join the dance?

最後眾人剩下的選項自然是四個國家中的最後一個——黑梅王國。

一行人剛踏出空間裂縫，就被歡快的音樂以及吵雜的人聲團團包圍。

「咦，怎麼……不是在城外……哇！抱歉！」

剛剛轉移，還沒回過神來的穆閑差點被一對隨著音樂跳得正開心的男女撞上，他連忙道歉並往後閃躲。

黑帽子這次竟然沒有把空間裂縫的出口指定在城外，而是在一個庭園裡，還正好是舞池的中心。黎筱愛一行人剛走出來就看見這麼多人圍在旁邊，全愣住了。

「抱歉、抱歉……」

「借過，謝謝……」

從跳舞的人群裡左閃右閃，他們好不容易才離開了中間的舞池，退到人比較少的外圍。一直到總算不會不停地撞到人之後，少年少女們這才有時間打量這新來到的地方。

這裡是一個占地廣大的庭院。庭院四周搭建著玫瑰棚架，用低矮的灌木做成切割區域的籬笆，不遠處還可以望見白色的拱門，看起來好像是入口處。空氣中飄著蜜糖甜美的味道以及酒香，四處都裝飾著彩帶和各種精緻的小掛飾。

在庭院的邊上有一組樂隊正在吹奏著歡快的樂曲，剛剛他們聽見的音樂就是從那裡傳出來的。中間有許多人在跳舞，而庭院較外圍的地方放著很多鋪著白色桌巾的圓桌，許多穿著華麗的男男女女愉快地喝酒、吃點心，儼然就是一個宴會的現場。

「呀嘿，時間正剛好～兩點半，正是宴會熱鬧的時候！」

黑帽子舉起雙手歡呼，但其他人很明顯都沒有這種好心情，個個死氣沉沉。

「呀，忽然出現了好多可愛的小朋友～」

此時，一名女子端著一盤點心走了過來。她穿著低胸禮服，大而華麗的長蓬裙隨著她的腳步微微搖擺，裙子上細緻的繡花讓少女們看得都呆了。

「要不要來一點？蛋糕？鬆餅？巧克力？也有水果軟糖哦～」

除了拉比和黑帽子以外，每個人頭都搖得跟波浪鼓似的，特別是符松，甚至還往後退了一步。他們對這個地方的糖果有非常嚴重的心理陰影。

「咦，為什麼？」女子露出疑惑的表情，「很好吃耶！在宴會裡就是要開心的享受美食呀！還是說你們不想吃甜的？那邊也有三明治，以及加上起司，烤得酥酥脆脆的切片法國麵包哦！如果對起司沒有興趣的話，也有很多其他的抹醬，都很好吃喔～」

「不，那個……」眼見女子這麼積極地推銷，還不停地湊過來，那對豐滿的胸部就這樣在眼前晃來晃去，穆閑漲紅了臉微微退後了一步，不停搖頭道：「我、我們不餓……」

「那不然，要不要喝點酒？這裡有好喝的雞尾酒喲～」

此時，另一名穿著類似的女孩走了過來，她手上的托盤裝著好幾杯色彩鮮豔的飲料。

「三明治和切片法國麵包也在這邊唷，不吃一點嗎？」

不知何時又多了一個人。

「那個……」

「好啊，都來到黑梅的地盤了，當然要享受宴會囉！我想要那個牛肉三明治，還有那邊的馬卡龍～」

黑帽子的聲音懶懶地響了起來，女孩們的注意力立刻轉到了他身上。

「呀，這位先生好帥，這軍服真是有個性～來，這邊～啊，也給你一個盤子吧……」

「你腰上這把劍看起來好性格喲～」

一時間，三名女子都圍到了黑帽子身邊，黎筱愛他們算是暫時被放過了。兩名純情的少男——雖然其中一名現在是少女——都偷偷鬆了口氣。

「我們要不要快點離開這裡啊？不然等等是不是又會被強迫推銷食物？萬一吃了又出了什麼問題……」黎筱愛低頭問拉比。

拉比搖搖頭，說：「不會的，這裡的食物就跟黑桃那裡的一樣，是沒有問題的。你們想吃的話可以拿。」

「真的嗎？」聽見這句話，一直盯著點心盤的溫宇薇快樂的飛了一圈，「可是，這麼精緻……會很貴吧？」

「當然不會收妳錢囉，可愛的小鳥兒。妳想要哪一個？」

聽見他們的對話，捧著點心盤的女子很快發現一邊飛一邊說話的溫宇薇，並熱情地招呼她。看見一隻會說話的鳥，她並沒有表現出任何驚訝或是好奇的態度，就像這裡的鳥三不五時都會開口說個一、兩句話一樣自然。

「這個！」

「好喲！這個盤子給妳~哎呀，妳要怎麼拿？」

女子把馬卡龍放在盤子上，想拿給溫宇薇時，才想起她沒有可以端著盤子的手。

「閑閑！閑閑幫我拿！」小鳥兒停在貓耳少年頭上，一邊叫一邊輕啄他的黑貓耳。

「嗚哇，住、住手！還滿痛的！幫妳拿著就是了！」穆閑一手摀住耳朵防禦來自溫宇薇的攻擊，一隻手接過盤子。

「原來你們是擔心食物啊？呵呵，這裡的食物跟方塊王國不一樣，所有的食物都是沒有問題的。」捧著雞尾酒的女孩笑呵呵地走到符松身邊，「可愛的女孩，要不要來一杯？」

「我、我不是……唔……」符松不知道該不該解釋自己並不是「女孩」，他支支吾吾了好一會，才勉強擠出一句話：「我……我未成年，不能喝酒……」

「咦？為什麼？我沒有聽說過這個規則耶。沒關係啦，這個不會醉的，很好喝喔，妳喝喝看～」

女孩不由分說就塞了一個裝著紅橙色飲料的杯子到符松手裡，符松下意識地接過，淡淡的酒精味道跟清爽的水果香從杯子裡飄了出來。

「啊……」少年有些手足無措，不知該喝還是不該喝。但剛剛在紅心王國經過了劇烈的運動，他的確渴，又被告知食物沒有什麼能把他變成青蛙的特別功效，還是心一橫，喝了一口。

「啊……」符松驚訝地瞪大了眼睛。

一旁的穆閑好奇地問：「怎麼樣？」

「這個很好喝。」符松朝他點頭，又喝了一大口。

「呵呵，我就說吧。」女孩掩嘴輕笑，「來吧，別客氣！你也來一杯！」

她拿了另一杯顏色不一樣的遞給穆閑，後者有些猶豫，但最終還是接下了，才喝了一口，立刻臉上立刻也出現了跟朋友一樣的驚喜表情。

「好好喝！」

「哈哈哈，這樣才對、這樣才對～吃點鬆餅？要不要果醬？」

看他們總算放下了戒心，分送食物的女孩們很高興，她們紛紛熱情地把托盤中的食物夾進少年們手中的盤子裡，不一會兒就疊得像座小山。而雖然一開始還有些顧忌，但確認食物沒問題後，他們也就開始放鬆地品嘗這些看起來很美味的食物。

「這個好好吃！」雖然變成透明人了，但韓沁喜吃東西的時候還是很好找的，只要看見哪個食物浮在空中就知道她在哪了。

「啊～變成鳥只能一點一點吃，好討厭！」溫宇薇在馬卡龍上啄了兩個洞，都戳爛了卻也沒吃到幾口，終於覺得變成鳥也有缺點了。

黎筱愛看著歡快地吃起東西的友人們，雖然也很想跟著一起吃，但她覺得在大家都被美食攻勢打得忘記了目的的時候，她必須是清醒的那一個。於是她擦了擦口水，低頭問拉比道：「我們……我們還是快閃吧？都到了黑梅王國，應該要去找國王？他是唯一能幫忙解決問題的人了。」

「在黑梅王國，與其找國王解決事情，不如找王牌。」拉比嘆了口氣，「但很不幸的，我不是很清楚這裡是黑梅王國的哪個角落，如果黑帽子不帶路，只靠我是很難找到黑梅王牌的。」

「這……沒關係吧？路是長在嘴上的！我們用問的！」黎筱愛不覺得這是什麼問題。

「平常的話是這樣沒錯。」拉比皺起了眉，「但是在黑梅王國，如果沒有人帶著，我個人並不建議胡亂走動。」

「為什麼？」

「黑梅王國是一個比較特殊的國家。舉凡宴會、舞會、各式PARTY，在黑梅王國都是毫不間斷的舉辦著。我們就算從這個宴會走出去了，還沒問到路，又會撞上下一個宴會，而且我保證妳問不出什麼來，因為他們只會想把妳留下來跟他們一起享受宴會、一同玩樂而已。如果只是吃吃喝喝跳跳舞就罷了，問題是這裡『各式各樣』的聚會都有，有些……可能不是那麼安全。」

拉比說得很含蓄，黎筱愛有些沒聽懂。

「各式各樣的聚會？」

「嗯，妳所能想到的，『各式各樣』。」拉比又強調了一次。

「那……我們現在怎麼辦？」

「這不該問我……」拉比抬眼瞄了下拿著盤子朝他們走來的黑桃王牌，「問他吧。」

「嗯？問我什麼？」黑帽子搖呀晃地走到了他們幾個的旁邊，從盤子裡拿起一片餅乾放進嘴裡，「哦，在擔心回去的問題嗎？呵呵，我剛剛已經聯絡過黑梅國王囉，他等等就會過來～」

「啊，真的嗎？」

黎筱愛有些興奮。雖然拉比說找國王不如找王牌，但只要國王來了，王牌也會來吧？

「……」拉比用不信任的眼神看著黑帽子。這人這麼可靠實在是一件很奇怪的事。

「是呀，所以就安心地等等吧～」青年用叉子從盤子裡叉出一塊切成小塊的鬆餅在黎筱愛上方晃了晃，「要不要吃？」

「……」少女看著那一小塊鬆餅，雖然拿的人很可怕，但甜點散發著美味的香氣，一直勾引著她……

「好！」最終，她還是敵不過食物的誘惑，用力地點了點頭。

「請等一下！不要在我頭上吃東西！」

拉連忙把黎筱愛抓下來，把她放在後面的圓桌上。黑帽子嘻嘻笑著將鬆餅遞給她，少女抱住那一塊鬆餅，大口地咬下去。

「這個鬆餅好厲害！好好吃喔！」

「喜歡的話還有喔，呵呵。」

拉比看著已經開始融入宴會的一群人，用手捏了捏隱隱作痛的太陽穴，嘆了口氣。

「難得到黑梅王國，怎麼不放開點呢，兔子？」黑帽子轉頭看著拉比，嘻嘻笑著說。

「你這樣把他們四處帶著跑來跑去，到底有什麼目的？」拉比冷冷地看他，低聲問。

「你在想這個啊？哦……」黑桃王牌從端著托盤經過的女孩手上拿了一杯香檳，一邊小口啜飲著，一邊說：「我沒有什麼目的啊，就是跟大家一起玩囉。」

「你應該知道吧，我們不能讓外界的人在鏡之國待太久，這裡的一切雖然都出自他們身上，但又毫不相容，特別是已經把能量轉化過的居住區……遇到外界來的人就要快些送他們回去，不是每個掌管『機構』的國王、女王或王牌的共識嗎？」

「哦，可是，就我所知，你也給了那位小姐通行證呀。」黑帽子涼涼地說，還意有所指地看了正朝第二塊鬆餅進攻的黎筱愛。

拉比瞬間哽了一下。

「那……那是因為……我必須靠她來找女王的下落……而且，就算我收回她的通行證，她也會自己跑進來！戴蒙陛下也不知道為什麼攔不住她啊！」

「哦～。」

「是真的！」

「我沒說是假的啊。」

「你……」

就在兩人你來我往的這個當下，原本歡樂地唱歌跳舞品嘗美食的人群裡，忽然出現了一些騷動。

「是克洛陛下！」

「克洛陛下來了！」

「啊……」

拉比停止了跟黑帽子的爭論，朝騷動的方向望去。黎筱愛聽見國王來了，也立刻放下手上的鬆餅，伸長脖子試圖想看這唯一一個自己還沒有見過的國王。不過以她現在的身高，要看到人實在是困難，她只能勉強看見拉比的兔耳。

「大家好啊～」

還沒看見人，溫暖的男性嗓音就飄了過來，「好棒的宴會啊！哎呀，不過我不是特地來參加宴會的……我們的稀客呢？在哪啊？」

「這邊～克洛，在這邊～」黑帽子伸長手揮了揮。

他個子很高，一身非常有特色的穿著在人群中看起來也相當顯眼，黑梅國王很快便認清了方向，穿過人群朝他們走來。

黎筱愛此時已經努力爬回好不容易叫來的拉比頭上，當她重新在老位置上坐好並抓穩兔耳時，黑梅國王也正好從讓道的人群中走了出來。

那是一名約莫二十八、九歲的青年。他有著一張溫和的笑臉，下垂的眼角看起來很親切，瞇起來時則很迷人。他烏黑微捲的披肩長髮在脖子後面綁了個鬆鬆的馬尾，身穿白色帶點歐式宮廷感的絲質襯衫以及黑色長褲，領口還用白色絲巾繫著一個領結。

「拉比～！」

剛看見他們，克洛就開心地一把將拉比抱了起來，「哎呀～沒想到你會過來玩，克洛哥哥好開心喔！」

「請不要這樣！克洛陛下！請快點放我下來！」

拉比漲紅了臉掙扎著，這動作讓他頭上的黎筱愛不得不緊緊抓著兔耳根部以固定自己的位置，「拉、拉比，不要晃！我要摔下去了！」

「哎呀，這裡有個可愛的小姐。」克洛很快就發現拉比頭上的黎筱愛，他放下紅心王儲，彎下腰看著她，「妳好呀，妳看起來不太像是這裡的人呢？」

「你好，我叫黎筱愛。」

小愛的優點就是完全不怕生，她很自然地向克洛打了招呼。

「真是好有禮貌的孩子～不過妳為什麼會在這裡呢？」

「我跟朋友們搭錯電梯不小心跑到鏡之國來了，又在方塊王國誤食了變身糖，現在正在找變回去的方法，以及回到原來世界的方法。」

小愛簡單明瞭地交代了一下事情的經過。

「竟然發生了這種意外，真是大災難啊。」克洛對他們的遭遇表達了同情，「所以那邊的幾位也都是跟妳一起的對嗎？」他指了指一邊的穆閑和符松。兩人正喝掉不知道第幾杯的雞尾酒。

「對～嘿嘿，他們啊，一個透明的、一隻鳥、一個性轉、一個長了不該長的耳朵、一個變小了。」黑帽子此時冒出來接話，「剛剛本來想回去找斯培德看有沒有辦法搞定，結果回去了才想到他不在呀～」

「這不是在方塊王國發生的嗎？」克洛問道，「那樣的話，直接去找戴蒙就好啦？他一定會把事情處理得很完美的！」

「所以就來找你了呀～」黑帽子持續忽略「去找戴蒙」的這個選項。

「我一直很想問，黑帽子跟方塊國王陛下是不是感情不好？」黎筱愛忍不住偷偷問。

「……我有一個情報可以讓妳參考一下他們的交情。戴蒙陛下那裡有一條特別規則，就是『一看見黑帽子，就立刻鎖門』。」拉比面無表情地說。

「噢。」黎筱愛覺得這完美地解釋了所有的事情。

「咦～～竟然是因為這種事情來找我？」聽見黑帽子的話之後，黑梅國王顯得有些慌張，「我既無法切開空間，那個洞也不是開在我這啊！」

「嘻嘻，可是我知道哦。」黑帽子把一顆櫻桃放進嘴裡咬著，然後說：「被『夢想』所照看的黑梅王國，是什麼都可能實現的地方。所以你這邊可能有不通過方塊那兒也能解決的方法。」

「這實在太強人所難了啊……」克洛很認真地思考著。

「你不用這麼認真也……」拉比忍不住想勸他不用這麼苦惱，反正黑帽子真正的目的只是來找麻煩而已，但黑梅國王嚴肅地打斷了他。

「不行！這位小愛小姐跟拉比你是朋友吧？你是因為朋友遇到困難，所以跟著他們想幫忙對吧？拉比的事情就是我的事情！既然都找到我這邊來了，我不想個辦法解決怎麼行呢！可是，嗯～」

「……」

拉比覺得好累。這又是一個不聽人說話的。

「發生什麼事了嗎，國王陛下？」

「有什麼問題嗎？」

就在克洛絞盡腦汁苦思解決方法的時候，好幾個豐胸細腰的女子走了過來，熱心地圍在表情很苦悶的黑梅國王身邊，關切地打聽發生了什麼事。

「從沒見過您露出這麼苦惱的神情呢～」穿著黃色洋裝的女孩口氣擔憂地說。

另一名穿著嫩綠色洋裝的少女立刻搭腔：「就是說啊，就算是上次因為全國的紅酒在前一天的宴會消耗完了，所以隔天的紅酒浴缸 PARTY 遇上了酒不夠的大危機時，也沒見您這麼煩心過啊！」

「啊，這次比那一次還要嚴重啊～這幾位外面來的小朋友，不但變成這樣，而且現在還回不去了，正苦惱著呢。大家有沒有什麼好方法呢？」

克洛竟然徵詢起了眾人的意見。

國王一開口，幾乎是整個庭園裡參加宴會的人都齊刷刷地往這個方向看了過來，而且比較近的人立刻就圍上來了。

「回不去？回不了家的意思嗎？」

「『變成這樣』是指原本不是這樣嗎？」

圍觀的人迅速增加，拉比忍不住瞪向始作俑者的黑帽子一眼，發現他早就閃到人群外頭，此時正在大吃桌上放著的水果，一副事不關己的模樣。

「變不回來好可憐啊，一定覺得很痛苦吧。」

「可是要是我的話，還滿想變成鳥的呢。」

「變透明也不錯啊，這樣就可以光明正大的去女性限定的沙龍了……」

「真是的你別帶壞孩子！萬一他們以為所有黑梅王國的人都像你這樣怎麼辦呢！」

「可以的話，我也想變成女孩子看看……」

人牆密密麻麻地圍在他們身邊並七嘴八舌地討論著，黎筱愛覺得自己深切地感受到了動物園裡的動物們的心情。

「咳，那、那個。」黑帽子脫離了戰圈，而黑梅國王完全靠不住，身為紅心王儲的拉比覺得，自己應該要出來掌控一下局面，「非常感謝大家的熱情，不過我們的事情，大家就不用多加煩心了，我們……」

「我知道了！」忽然，努力思考著的克洛握著拳頭搥了下另一隻手的掌心，大喊著。

「真的嗎！」

「不愧是國王陛下！」

「該怎麼辦才好呀克洛陛下！」

「我們都想得太難了！」克洛挺起胸膛，走到拉比前面，信心滿滿地說：「別擔心，拉比！小愛！我想到了一個非常完美的方法！」

「真的嗎！」小愛很興奮。看來國王果然還是很厲害的！

「哦……真的嗎……那真是太感謝您了……」反倒是拉比非常不領情，連平常重視的禮儀教養都僅保持在最低限，臉上的表情寫著十足的不信任。

「是的！那就是……」克洛頓了頓，賣了個關子，接著才大聲道——

「乾脆不要回去了！」

「咦？」

黎筱愛完全愣住了。拉比嘆了口氣。黑帽子已經笑得在地上打滾。圍觀的人群聽見這句話後愣了兩、三秒，接著竟然——大聲歡呼起來。

「沒錯！」

「真是太棒了！國王陛下！」

「陛下突破了盲點！如果回不去，那乾脆不要回去就好了！每天在這裡享受宴會那該多開心！」

「就是說啊，聽說外界的孩子都要去學校，還有一堆考試，這樣的話留在這裡不是比較好嗎？」

「沒錯沒錯！」

「呃，等等，不對吧……」

黎筱愛覺得事情忽然就朝著奇怪的方向發展了，她連忙搖搖拉比的耳朵，「拉比，怎麼會這樣？」

「我不是說了嗎？他靠不住。」紅心王儲脫力地嘆了今天不曉得第幾次的氣，「所以我們還是快點……」

「就是說嘛！而且學長可是這個世界的人呢！那我為什麼要回去呢！」

韓沁喜的聲音忽然傳了過來。

拉比和小愛震驚地朝聲音的方向望去，發現隔壁再隔壁的圓桌上放了很多喝空的酒杯，而還有一個喝到一半的酒杯正飄在空中。

「我只要在這個世界，就有機會二十四小時看見學長了耶！而且還附贈黑帽子先生！簡直就是天堂，我不回去了！」

雖然看不見，但從聲音和話語聽起來，韓沁喜完全就是喝醉了。小愛正想說些什麼，符松的聲音卻也出現了。

「到現在都還變不回去真是煩死了！我乾脆就當女的算了！」他自暴自棄地大喊。

黎筱愛都還沒反應過來，緊接著，不正常的換成穆閑了：「就是說嘛！你當女孩子的話，我們就可以交往了！我喜歡女孩子的你啊！」

「阿松？閑閑？阿喜？你們怎麼了？」溫宇薇的聲音驚恐地傳了出來。

「說得好！」

「歡迎黑梅王國的新住民！」

旁邊一眾看熱鬧不嫌事大的黑梅王國國民立刻歡呼起來，而提出這個餿主意的克洛也興奮地高喊著：「歡迎！來吧，要用最熱鬧的宴會招待他們！」

回應這句話的是歡呼、鼓掌、與節奏緊促熱鬧的音樂聲。三個人被簇擁著到中間的舞池，搖搖晃晃地開始隨著音樂跳起舞來。

「你看，事情解決了，拉比！」克洛跑到紅心王儲面前開心地說。

「哪有解決啊！」拉比忍無可忍地放棄了教養大吼著，「柴郡呢！柴郡貓在哪裡！這裡唯一靠得住的就只有他了！」

「不要這麼挑剔嘛，結果好就是好的，而且柴郡喵他現在正忙著呢～來吧，跟哥哥喝一杯怎麼樣？」

「這……等等……」

「一杯就好了，一杯就好～」

克洛隨手拿了兩杯雞尾酒，將其中一杯塞進拉比手裡，然後自顧自地用自己的跟拉比手上的碰了一下，「乾杯～！」

都做到這分上了，拉比氣結地看著鬧起來的那一群，又看看自己手上的這杯酒，自暴自棄地道：「啊！我不管了啦！」接著豪氣地一飲而盡。

「哇～太棒了！就是要這樣！再來一杯，來來……」

就在拉比要被克洛拐去喝酒時，黎筱愛早就找了個機會從紅心王儲頭上跳下來了。她看著拉比被勸著乾了一杯又一杯，小臉都開始紅了，連兔耳都染上微微的粉紅色。少女踮起腳尖攀住拉比放下的空杯杯緣，彎腰抹了一下杯壁上殘餘的酒液，舔了舔手指。

「嗯，是喝起來不覺得烈，但後勁很強的那種呢。」她點點頭。

早逝的父親會調酒，母親也會喝一些，跟她感情特別好的那位遠房親戚也喝，所以她小小年紀便酒量不錯，對酒也算是有些瞭解。當然，未成年的她還是不會太常喝酒的。

「那邊的黑衣服小哥～要不要也過來一起玩啊～」

有人對黑帽子招手。

青年嘿嘿笑了笑，「就來囉！」接著走進了人群裡，牽起朝他伸出手的女孩，也跟著跳起舞來。

「……哈啊……」

黎筱愛看著眼前跳舞的、唱歌的、歡呼的，鬧成一團的人們，覺得整件事情的走向都崩壞了，而她根本沒有能力阻止。誰讓她變小了呢？不過這個尺寸也讓她不會被拱進裡面去一起瘋就是了，不知該說是幸還是不幸。

「接下來該怎麼辦啊，小愛？」

另一個不會被拱進去的溫宇薇拍拍翅膀降落在她旁邊。

小愛聳聳肩，「我也不知道，我這樣什麼也沒辦法做啊。」

「那我們現在？」

少女嘆了口氣，走到旁邊的盤子裡抱起一塊餅乾，然後使勁掰成兩半，將其中一半遞給現在是隻鳥的友人。

「船到橋頭自然直，反正也沒事做……」

「就來吃東西吧！」溫宇薇開心地接著說。

◆◎◆◎◆◎◆

「陛下，他們現在在黑梅王國。」

「嗯，我想也是。」

對於這個消息，戴蒙一點都不覺得訝異。斯培德不在，紅心王國正在午休，黑帽子又不會輕易帶他們回方塊王國，那理所當然只能去黑梅王國了。

「如果紅心王國沒有那個無聊的午休習慣，搞不好就能把他們帶回來了……」戴蒙想起剛才監控回報的狀況，不無遺憾地說：「先是遇上了葛里風在外頭、不在宮裡的幸運，卻又被午休這個不幸將了一軍。這些孩子們的運氣也真是不好。要不是剛好兩點半，葛里風沒準真能拿下黑帽子，結束這一切。」

「但……不是都說黑帽子以戰力而言，是目前王牌中最高的嗎？」卡特疑惑地問。

戴蒙解釋道：「會有這個說法，一來是因為黑桃需要戰力，他們在戰鬥經驗上的確很高，破壞力也強；二來，因為葛里風雖然掛著『現役』的名號，但是他以實習為藉口，把工作全部丟給雙胞胎很久了，所以事實上雙胞胎已經是現役，而葛里風則退居前任。不過以慣例來說，雙胞胎要完全繼任，要等到拉比殿下繼位，因此紅心王國的資料沒有更改，葛里風也還沒有把王牌的武器『一妄一虛』傳下去。」

「在破壞力上，『一妄一虛』的確並不算非常高，但是這把武器的特色就是『時間微操』。只要時機抓得好，幾乎是一把可以完全封鎖對方所有攻擊的武器。葛里風跟這把武器特別契合，是紅心史上少有的能精準操控『一妄一虛』的王牌。但妳也知道，紅心的業務很少有戰鬥，而葛里風又是那種散漫的性子，沒有實戰去證明的名號，最強兩個字自然不會落到他頭上。」

卡特恍然大悟地點頭，「沒想到紅心王國還有這麼一個強者。」

「其實葛里風的實力也是眾說紛紜，畢竟紅心實在太和平了，以常理來說，他沒有這麼多機會練習，怎可能有比黑桃還要強的戰力？而且也沒有機會讓他證明，他自己亦沒有興趣證明。所以葛里風的實力一直都只是個傳說。斯培德當王儲時倒是好幾次想找他單挑，都被他找藉口逃了，後來斯培德登基接下黑桃博物館，葛里風退居王城，他們就再沒什麼碰面的機會了。」

說到這裡，戴蒙嘆了口氣，「算了，說什麼也沒用，遇上紅心王國的『午休』，那是沒有道理可講的。不管黑帽子對上葛里風誰贏，最後站著的都會是黑帽子。」

「那麼……我們現在要怎麼做？這些外界的孩子已經進來了將近三個小時，必須要快點把他們送出去才行。」

「啊啊，我也在想這件事。」說到這裡戴蒙始終沒有情緒波動的臉終於出現了一絲苦惱的表情，「得讓他們先回方塊王國，然後我們才能處理。畢竟，只要他們還在其他地方，我們就算有人手也無法動用。」

「是的，但是黑帽子似乎怎麼樣都想避免與您交涉……」

忽然，急促的嗶嗶聲打斷了卡特，方塊的國王與王牌一同望向發出嗶嗶聲的螢幕，原本被許多計算數字以及視窗占據的螢幕上，出現了一個大大的黑梅圖案。

「咦？黑梅的呼叫……？」

卡特愣了下，但很快過去接通了那個呼叫。

當她按下黑梅符號的同時，一隻黑貓的影像立刻出現在螢幕上。以貓來說，牠長得非常漂亮，綠色眼睛清澈透明，一身蓬鬆的長毛又黑又亮。比較不搭的是，牠脖子上圍了一圈帶皺摺的白色領子，這讓牠看上去有些滑稽。

「您好，黑梅王牌，柴郡貓閣下。」戴蒙對著那張貓臉說。

「您好，戴蒙陛下。」黑貓朝他微微低下頭，「聽說您那邊出了事，然後鬧到我們家來了喵。」

「……」戴蒙瞬間有些想反駁，但事情的起源還真是自己家沒錯。所以他只能面無表情地說：「是的，給您添麻煩了，我們正在監控中。」

「到底是什麼事情喵？我們家的國王一聽說拉比殿下來了就衝出去了喵……還是跟他

一起去的幾位小姐回來通知我，我才知道不只拉比殿下，連黑桃王牌都來了喵！我就知道那個男人來準沒好事，果不其然帶了五個外界迷路來的孩子喵……現在他們在一個私人宴會裡頭，玩得可開心了！」

黑貓大聲地抱怨，用貓爪拍著滿是資料的桌子，看起來非常苦惱。

「最讓人傷腦筋的是，聽說克洛陛下剛剛還鬧著『回不去就乾脆別回去了成為黑梅王國的住民吧！』什麼的……天曉得我們家的國王為什麼會這麼天兵！不管是誰都知道外界的孩子不可能在這裡待著啊！聽說那些孩子還變身了，都是些什麼事啊？」

戴蒙跟卡特面面相覷。

「成為黑梅的子民就好？克洛陛下是這麼說？」戴蒙真以為自己聽錯了，忍不住又確認了一次。

「你也知道我們家國王是什麼德行，他說的話不要當真喵。」柴郡貓冷哼了一聲，「沒問題，有我在不可能讓這種事發生喵！你還是快跟我說說前因後果，我來想想辦法。」

於是，戴蒙把黎筱愛一行人如何因為空間錯接而誤打誤撞地闖入方塊王國，又陰錯陽差地吃了變身糖，接著因為不明原因變不回來，還被黑帽子拐走導致至今仍無法把他們送出去這件事大致上交代了一遍。

柴郡貓一邊聽，一邊舉起前爪用爪子在下巴一下一下地敲，邊不時「嗯嗯」幾聲。

「……也就是說，只要能把他們變回來然後送出去就好了是嗎？」

「是這樣沒錯，送出去其實不難，只要通過各『機構』對外連接的通道就可以；至於變回來，也……」

「啊，知道了知道了，我來搞定喵，這個簡單喵！」柴郡貓打斷了他，並回頭對後面說了什麼，接著才又對戴蒙道：「好啦，我有事要忙，先這樣了。那些孩子們我會送出去的！你放心喵！就這樣啦喵！」

「……好。」

戴蒙話都還沒說完，柴郡貓就切斷了通話。那些不停運算的程式以及視窗又重新回到了大螢幕上。

卡特與戴蒙沉默了很久。

「……您覺得呢，陛下？」

「我覺得……」戴蒙用手支著下巴，道：「做最壞的準備吧。」

◆◎◆◎◆◎◆

「喝、喝、喝、喝……」

當柴郡貓在宴會場地中間那顆綁滿彩帶的樹上現形時，他看見的是自家國王、紅心王儲、黑桃王牌、以及兩個自家國民共五個人正在拚酒的景象。

牠一瞬間嚇得都要得圓形禿了。

拉比喝了一半就整個人趴在桌上了，克洛跟黑帽子倒是乾得很爽快。看起來也已經有半分醉意的克洛還伸手戳了兩下拉比的臉，道：「怎麼？拉比？不行了嗎？」

「唔唔……」

連兔耳都變成紅色的紅心王儲只能發出無意識的咕噥聲，看起來醉得非常徹底。

「糟糕～拉比沒反應了～真是的，睡在這邊可不好……」克洛搖搖晃晃地站起來，拍了兩下手，抬頭喊道：「小姐們！小姐們！來把紅心王儲搬進我房間讓他好好睡一下……」

「你叫誰啊！小姐們不在！這裡可不是『夢想之城』！」

柴郡貓終於受不了地從樹上跳了下去，在空中一個華麗的翻滾，伸腳用力踹了自家主子一下。克洛發出一聲悶哼後被踹得往後摔倒，臉上還多了一個貓肉球印。柴郡貓踹了國王之後藉著反作用力往桌上一跳，又是一個翻滾，完美落地。

周圍立刻非常給面子地響起了如雷的掌聲，還有很多人舉起了「10.0」的牌子。

「謝謝，謝謝各位……不是！我不是來這裡表演欺負國王的喵！」

原本還入戲地拱手向周圍群眾致意的柴郡貓忽地回過神來。牠走過去低頭看了看醉死在桌上的拉比，露出了「真不敢相信」的表情，然後轉頭望向旁邊一臉雲淡風輕，還用饒負興味的表情看著牠的黑帽子。

「是柴郡貓啊，你好啊。」

「你好啊，黑帽子。」柴郡貓像人一樣用雙腳站立，雙手扠腰，道：「不過現在不是打招呼的時候。那群外面來的小朋友在哪裡喵？」

「哦，在這邊。喂～那幾個吃過變身糖的～」

黑帽子轉身朝後喊了一聲，圍觀的人群讓開了一個口，一眼就看見坐在桌子上正抱著一顆櫻桃啃的迷你黎筱愛，以及一旁站在杯子邊上喝著裡頭的果汁的溫宇薇；符松喝醉了正靠在一張椅子上，看起來比較不醉的穆閑坐在旁邊一臉疲憊，而另一張拉開的椅子上應該就是韓沁喜了——雖然還是什麼都看不到。

「嗯？叫我們嗎？」黎筱愛愣愣地抬頭，然後驚喜地喊著，「哇！什麼時候多出一隻貓咪！而且還用兩隻腳站著！跟發條兔子一樣耶！」

「什麼跟發條兔子一樣，我的層級比它們高多了好嗎！高多了！」

黑貓瞪了她一眼，「我只有看到四個，第五個呢？」

「第五個變透明的了，你看不到，不過沒關係，我看得到。」黑帽子笑嘻嘻地說。

「唔。算了，你算得清楚就好。」柴郡貓似乎不太在意看不看得到人這件事。

「唉喲，柴郡喵你好過分，一來就下這麼重的手……」

黑梅國王在地上躺了好一陣子，終於唉喲唉喲地爬起來了，「你怎麼這麼慢才來啊？」

「什麼我怎麼這麼慢才來！你明明知道自己搞不定為什麼不叫我！你應該第一時間就把他們帶到夢想之城來才對！」柴郡貓生氣地數落著克洛，毛都炸開了，尾巴的體積膨脹了幾倍，像根雞毛撢子似的，「什麼『那就留下來當黑梅的子民』，這種不負責任的話你怎麼不吃下去喵！」

「欸，可是……可是拉比難得來找我解決問題，一下就跑去問你的話，感覺好像很沒面子。」克洛嘿嘿地傻笑著，「反正你還是來了嘛～」

「那位貓咪先生有辦法把我們變回去嗎！」黎筱愛插嘴道。她拜託了一個黑梅王國的女孩把她帶過來，此時正從人家手掌上跳到桌子上頭，「你好，我叫黎筱愛～」她朝黑貓鞠躬。

「哎呀，挺有禮貌的孩子，妳好，我是柴郡貓。」黑貓也朝她彎腰行禮，「我們家的國王是個笨蛋，真是不好意思喵。」

「不、不會啦，他很親切呀。」沒想到會碰上如此直接的吐槽，黎筱愛還真不知道該怎麼接口比較好，只能呵呵傻笑帶過。這位王牌跟她見過的都不一樣，感覺特別的囂張啊……

「好了，言歸正傳，我們快點解決正事喵。」柴郡貓咳了兩聲清嗓子，「變回來的方法是有的，回去的方法也是有的。」

「真的嗎！怎麼做！」少女興奮地問。雖然一開始還覺得很新鮮，但經過了幾個小時，她已經有些厭倦了變小的這件事了。做什麼都很麻煩，跑得也慢，跳也跳不高，去哪都得別人帶著，活潑好動的少女哪受過這種限制，覺得綁手綁腳，麻煩得要死。

「首先……你們得回方塊王國。」說著，黑貓朝黑帽子瞄了一眼。

「不要。」黑帽子燦爛地笑著。

「就知道你會這麼說。沒有要你回去找戴蒙！」黑貓蓬鬆的尾巴甩來甩去，看起來相當不悅，「方塊王國的問題，只能在方塊王國解決。雖然是謹守紀律的方塊王國，變身糖偶爾也是會出問題的，這並不少見。」

「哦，真的嗎？我還以為他們都跟時鐘一樣精準呢。」

「你也知道，方塊那個地方，扯上狂歡節的話，什麼事都有可能發生。總之，如果要解除變身的效果，只要到這裡去就可以了。」

黑貓說著，從脖子上那圈皺摺領子裡掏出一張紙片遞給黑帽子。黑帽子拿到手上看了看，是方塊王國的一個地址。

「這裡？」

「去那裡，再吃一次變身糖，就可以變回來。我是不知道什麼原理啦，但聽說只要吃了那邊的糖果，就可以恢復原來的樣子了。」

「還有這樣的地方啊～」青年點點頭。

「至於把人送回去這件事，對你來說應該很簡單吧？平常偶爾也是會有人闖進來，依照那個流程送回去就好了。」

「啊呀？可是平常闖進來的人都不是我處理的呀，都是斯培德處理的。」黑帽子聳聳肩，雙手一攤道：「不能砍的東西我才不管呢。」

「什麼！」柴郡貓摀著胸口，一副要氣絕的樣子，「你這樣也算是合格的王牌嗎！」

「在黑桃，只要能打架的王牌就是好王牌～」

「……好、好吧，國情不同。」黑貓重重地嘆了口氣，「你沒做過的話，那流程有些複雜，難說明……原本這部分可以交給紅心王儲，但是他現在……」牠瞄了一眼不省人事的拉比，搖搖頭，「似乎是不能指望了……」

「其實我一直在想，我直接找一個跟外界的空間連接比較沒有那麼穩定的地方，一刀切下去就好了吧？」黑帽子笑嘻嘻地說，「直接開洞出去是不行的，但挑薄的地方切的話，可以試試。反正現在方塊那兒的空間有點不穩嘛。」

「怎、怎麼可以這麼亂來！空間都不穩定了，怎麼能讓你這樣搞呢！」柴郡貓震驚地慘叫，毛又豎起來了，整隻貓活像一顆黑色的大毛球，「不不，我看我還是教你一下把人帶回去的方法，你就……」

「好啦好啦，走囉，小朋友們～」

黑桃沒有要聽牠說話的意思，自顧自地跳下椅子，撈了拉比抱在手上，就走向符松等人休息的桌子。

「啊，什麼，去哪？」狀態比較好一些的穆閑茫然地望著朝他們走來的黑帽子。

青年抽出了刀，道：「把你的朋友扶起來，如你們所願，要回家囉～」

「咦？咦？」

穆閑震驚地左右望了一下，符松還不省人事，另一邊的韓沁喜就更糟了，完全看不見，根本不知道她是什麼情況。

「唔？可以回去了嗎？」

好在韓沁喜似乎也沒有失去意識，只是聲音聽起來還有些虛弱。椅子發出沙沙聲往後退，接著倒了下去，應該是少女搖搖晃晃地起身所致。

穆閑試著叫了一下符松，後者只發出幾聲含糊的嚶嚀，一張臉紅得跟猴子屁股似的。

穆閑咬咬牙，眼睛一閉，將符松一隻手跨過自己的肩膀撐起來，努力忽略偶爾會碰到自己身體的軟軟的東西，漲紅了臉對黑帽子說：「好、走、走吧。」

黑帽子看他那純情的模樣，笑得連刀都快要拿不穩了。

——不需要笑得這麼誇張吧！

貓耳少年的臉現在都要跟自己扛著的少女一樣紅了。

「走囉！哈哈哈哈哈……」

因為黑帽子笑個不停的關係，這一刀切得歪歪扭扭，好在線條並不影響空間裂縫的開啟，只是開得有點醜而已。一群人搖搖晃晃地走了進去，最後一人的腳剛收回去時，裂縫也瞬間閉合。

整個宴會會場原本都看著他們，沒人說話，直到一群人終於消失了，才很有默契地在三秒之後同時爆出嘈雜的討論聲。但討論沒有多久，又有人提議不管了，反正他們都走了，宴會就繼續吧——於是一群人又玩了起來，跳舞的、唱歌的、吃東西的，各歸各位去了。

「柴郡喵，你是怎麼知道方塊有那麼一間房子，能把變身出問題的人變回來？」克洛好奇地問。他可從來都沒有聽說過這件事。

「喔，我以前一個方塊王國的朋友告訴我的。他說這事沒多少人知道！雖然是在他喝得爛醉的時候說的，但我想應該沒有問題吧。」黑貓神氣地扠腰。

「……」

克洛望著空間裂縫消失的地方，忽然不太想去懷疑到底有沒有問題。

反正有問題的話……戴蒙應該會處理的吧？嗯？

第五章　我真希望這東西能讓我長大。

I do hope it'll make me grow large again.

黑帽子一行人經過一陣尋找以及迷路之後，總算到達了柴郡貓所給的那個地址。

「意外的遠呢……」黎筱愛道。

原本以為這種地方應該要設在城市區內的，結果他們找著找著，竟然出了熱鬧的街道，往偏僻的城市郊外走去。目標在一個小山坡上，大門看起來不特別氣派，但建築有兩層樓，並往左右橫向延伸，許多窗戶整齊地排列著，看起來有點像旅館。

「是呢～～我也沒想到這麼遠，早知道就不把空間裂縫開在城市中心了。」黑帽子說著，即使聽起來像抱怨，但他依然嘿嘿笑著。

「這裡就是能變回來的地方啊……」

「我已經迫不及待的想要變回來了。」

雖然剛才醉得一塌糊塗，但不知道是不是因為他們不屬於這個世界的關係，酒精的影響並沒有持續很久。原本狀態就不差的穆閑現在看起來沒事了，醉到睡死的符松在喝了點水稍事休息後也清醒得能夠自己走路了。

「我還是……覺得……有點……嗚！」

而身為本地人的拉比就不同了，他雖然醒了過來，也勉強打起了精神，但看起來還是很糟。就這會，他話都還沒說完就忍不住去旁邊吐了。

「不會喝就不要喝這麼多嘛，拉比。」黎筱愛趴在穆閑頭上，用一副老氣橫秋的口氣說著。

「……」拉比連反駁的力氣都沒有了。平常規矩穩重的紅心王儲對於自己竟然會這麼失態感到無比的挫折與罪惡感，酒醒了之後，兔耳也始終蔫耷耷地垂著。

「呃，要不要水？」穆閑有些看不下去了，將剛剛在市集上買的水遞了過去。

「謝謝……」拉比虛弱地接過，漱了漱口又喝了一點水之後才稍微覺得好一些。他抬頭看看這棟房子，總覺得哪裡不對。

——雖然我對方塊王國不是很熟……但這裡真的是能恢復原狀的地方嗎？

「走吧，進去囉～」黑帽子率先往前走，後頭的少年少女們連忙跟上。

大門後面是一個櫃檯，坐在櫃檯裡的女性看見他們進來，立刻起身招呼：「歡迎光臨。請問幾位呢？要一起嗎？」

「五個，我跟另外一位只是來陪著他們的。」黑帽子趴在櫃檯上說。

看起來像是個接待人員的女子瞄了他們一眼，「好的，五人份。」她拿出了五顆包裝一模一樣的糖果放在櫃檯上的小碟子裡，「這個效果會取消原本變身糖的效果，以你們原始的樣子做反應，太陽下山之後就會消除，沒問題嗎？」

「可以～」

要吃的人都還沒回答，黑帽子就自顧自地收了東西。

女子點點頭，然後交給他一把鑰匙，道：「走到底左轉中間的那一間房間是給你們的，效果在出了後門之後才會體現，活動範圍也僅限我們有圍起來的地方。祝愉快。」

「好喲～」

這對話怎麼聽都怪怪的，黎筱愛疑惑地望著拉比，後者正好也用疑惑的眼神望著她。但兩人還沒來得及交換意見，王儲就一把摀住嘴露出痛苦的表情，臉色發青。

「……房間裡面有盥洗室，你們隨意用，弄得太髒的話會收取清潔費。」女子好心地追加了一句。

拉比點點頭，想向她道謝卻說不出口，只推了推黑帽子要他快點走。後者一看這情形可樂了，左蹭右蹭地就是不前進，最後拉比忍無可忍一把搶過鑰匙，自己衝過去開門，然後拐進盥洗室又吐了起來。

「看起來真慘……」穆閑忍不住同情地說。

「真的……我雖然不太舒服，倒是沒有像他吐成那樣。」符松也搖搖頭，有些慶幸。

幾個人邊說著邊走進了那個房間。大致成方形的房間陳設很簡單，兩張一左一右靠牆擺放的沙發、小茶几、一間盥洗室和一個簡單的直立式衣架，沒有了。在房間另一頭還有一扇門，不知道通往哪裡。

「好啦，一人發一顆～」

黑帽子拿出糖果隨手扔給了五人，看起來明明是隨便亂丟，卻讓大家都準準地接到了，連透明的韓沁喜也不意外。

符松捏著那顆糖果，臉上的表情很糾結。

「真的不會再有問題了對吧……」他自言自語著。

「……我想不會吧。嘻嘻。」

「那個沉默讓人好不安啊！」

雖然話是這麼說，但都走到這一步了，不管怎麼樣好像也只有這一條路。他們五人站成一個圈，黎筱愛和溫宇薇都從穆閑身上下來了。少年少女們撥開糖果紙，互相交換了一個打氣的眼神，然後閉上眼睛，把糖塞進嘴裡。

「嗚哇這個對我來說有點大……！」

「鳥、鳥喙好難啄！」

雖然立刻就發生了不知該說是意料之內還是意料之外的事故，但好在只是一點小小的插曲。黎筱愛萬分慶幸這糖是軟糖，她把糖掰成幾塊吃了，溫宇薇則是努力地啄。

「你們說，這個要什麼時候才會生效？」穆閑摸摸頭上的貓耳。

「不知道……我們吃巧克力那時候，好像沒有過很久……」符松皺著眉頭回想。

「應該很快就……咦！」

事實上，僅是一眨眼的時間。黎筱愛感覺自己還在說話的當下，就忽然變正常了。她愣愣地看著手腳，四處張望著周圍的擺設。哦，原來這房間的東西，實際上是這種尺寸嗎？

「天啊！這個真的有效！我終於變回來了！」

第一個吼出來的是符松，他開心地跳了起來，轉頭撲向旁邊還愣著穆閑。

「咦？什麼？嗚哇阿松你別……！」

缺乏運動身形的纖細書蟲穆閑哪撐得住變回男性、高頭大馬的符松，兩人就這樣摔在地上滾成一團，旁邊沒吃完糖卻也變回來了的溫宇薇掩住嘴，然後迅速撈起脖子上的手機，用非常驚人的手速開啟拍照模式，啪啪就拍了兩張。

然而啪啪聲出現了四聲……

黎筱愛轉頭看見韓沁喜不知何時也掏出了手機。

「阿～喜～！」

終於能看見好友了，黎筱愛忍不住也學符松那樣飛撲了過去，兩人跟著在地上滾成了一團。

「嗚哇！幹嘛啊小愛！晃到了！晃到了！」

「我終於看得見阿喜了！天啊沒有阿喜的時間好寂寞！」

「嗯，很好，親愛的，我很高興妳終於認知到我對妳有多重要……好了快讓我起來！我今天穿白色衣服呢妳別這樣！」

拉比才剛緩過勁從盥洗室出來，就看見四個人滾在地上的場面。還暈著的王儲瞇了瞇眼睛，閉上眼又甩甩頭，生怕是自己醉出了幻覺，但是再張開眼睛還是一樣的場景。他決定……他決定算了，當作什麼都沒看到，反正今天發生的事情夠多了，只是抱著在地上滾又有什麼關係呢？雖然是兩男兩女抱著在地上滾。

「啊，廁所沒人了，我去一下！」

符松變回原狀之後簡直心情輕快得都要飛起來了，憋了好久的生理現象也終於可以心安理得的解放了。見拉比從盥洗室出來，他飛快的從地上彈起來衝了進去，門就在拉比後頭關上。

「原來阿松想上廁所？為什麼不早說呢～」溫宇薇疑惑地看著廁所門。

「不敢去吧？妳看他變成女孩子時那彆扭樣。」韓沁喜很沒良心地嘲笑著友人。

「這麼說來真該拍張照片的。」黎筱愛不無遺憾地說，「難得遇到這麼好玩的事情……」

正說著，她立刻敏銳地發現韓沁喜正對她擠眉弄眼，還做了個 OK 的手勢。黎筱愛瞬間理解，也豎起大拇指，回了一個「讚」。

這默契簡直好得不忍說。

拉比沒有他們這麼好的興致。醉得一塌糊塗，連保持清醒都很困難的他搖搖晃晃地走到沙發上坐下，覺得整個人……不，整個空間都在轉，腳踩的彷彿不是地板，是棉花。

黑帽子走到他旁邊嘿嘿笑著說：「還沒醒呀，兔子？」

「……沒有。很難受。」

「等等解決了這些少爺小姐們的問題後就送你回去吧。別謝我，把你帶出來要是不把你送回去，紅心的三個王牌都要對我拔刀啦！」

「……」

——誰要謝你啊！要不是你把我拐出來我能遇到這麼多事嗎！

紅心王儲在心裡咆哮著，但嘴上已經懶得說出口了。

不過，這麼說來……真的都變回來了啊。拉比努力地運轉著自己因為酒精而遲鈍的腦內齒輪。

原本還懷疑會有問題，但現在看起來好像可以放心了。

只是……

直覺告訴他這事情沒這麼單純，但他實在無法繼續思考了，只能癱在沙發扶手上做一隻安靜的兔子。

跑跳了一整天的少年少女們在變回原狀之後才終於放鬆下來，他們興奮地討論著今天遇到的事，去廁所的去廁所、休息的休息，一直到看看時間覺得實在是太晚了，是該回去想想怎麼給老師一個交代時，大家才又想起了黑帽子。

此時，青年與王儲坐在一張沙發上，就在他們的對面，背靠著沙發，睡得可香了。

「黑……黑帽子。」雖然相處了一整天，但黎筱愛還是沒有習慣黑帽子身上那種令人發寒的氣息，她鼓起勇氣喊著：「黑帽子～」

「嗯？哦？什麼？」

好在黑帽子睡得並不熟，很快就打著哈欠醒了過來，「怎麼？」

「那個……我們現在該怎麼回去？」

「回去？哦～對對對，讓我想想，回去啊。」

他站起身來，伸了個大懶腰，搓了搓下巴，「回去啊……欸，兔子，那隻貓怎麼說的來著？」他拿劍鞘戳了戳拉比的頭。

「他說的方法你又不會。」拉比有氣無力地回答。

「哦，那我是不是說了什麼？我記得我有想出一個好方法啊！」

「……在比較薄的地方開洞。」

一直被戳頭的拉比心底一股氣但又不好發作，也沒力氣發作，只能恨恨地丟下沒頭沒尾的一句話就不再吱聲。

「哦～對對對，在比較薄的地方開洞。」黑帽子恍然大悟地哦了半天，「那比較薄的地方在哪啊？」

「這我怎麼會知道……」

「嗯～」

一下子，能拿出辦法的兩個人都沉默了，少年少女們又有些緊張起來。

該不會……變是變回來了，但回不去吧？

不過黎筱愛倒是不太擔心。反正如果真的回不去的話……走紅心那邊的門就好了吧？她每次都是這樣進來又出去的。於是她提議道：「要是真的不行的話，不如——」

「當然是唬你們的啦～怎麼可能找不到所謂比較薄的地方呢？」

黑帽子打斷了她的話，露出一個狂氣的笑容，唰地抽出了腰上的「一斬一滅」。

鋒利兵器出鞘時的那摩擦聲總能讓人覺得背脊一涼，黎筱愛忍不住往後退了一步。

「『一斬一滅』可是跟空間有關的武器，那所謂比較薄的地方……」黑帽子閉上眼睛沉默了一下，然後猛地轉身，動作極快地朝空中揮了一劍——

「剛好就在這裡！運氣真好！哈哈哈！」

就像之前數次一樣，空中忽地開了一條縫，但這次跟之前的純黑不同，在盡頭處，他們可以看見一點點景色。而仔細一看……

「那好像是我們進來的那個大樓門口！」韓沁喜驚叫道。

「真的可以回去了！」

一群人歡呼著，又叫又跳，向黑帽子說了聲謝謝，接著迫不及待地跑進空間裂縫裡。

黎筱愛在離開前特別湊到拉比旁邊，關心地問道：「你還好嗎，拉比？」

「謝謝妳的關心。我好多了，再休息一下應該就可以了吧。」雖然頭還是很暈，但看見少女擔憂的神色，拉比也不得不強打起精神。

「我，我改天再來看你喔。我們明天學校見！」

「嗯，明天見……啊，小愛。」看少女轉身要離開，拉比忍不住叫住她。

「？」

「……我覺得事情……沒這麼簡單……你們等等注意一下……」拉比猶豫了一會，還是說出了心中的擔憂。

「哦，沒關係，反正真的出事……」黎筱愛眼珠轉了一圈，然後聳聳肩，「我也解決不了。嘿嘿。」

「說得也是。」拉比苦笑著。

黎筱愛這邊在做最後的閒話家常，而另一邊，跟在三個朋友身後，正要走進空間裂縫的韓沁喜在經過黑帽子身邊時，卻停下了腳步。

「阿喜妳在幹嘛～快點呀！等等關上了怎麼辦！」已經進去了的溫宇薇著急地喊她。

「我等等就跟上！」阿喜一邊朝那頭喊，一邊漲紅著臉回頭看著高大的黑衣青年，有些扭捏地說：「那個……謝謝你今天照顧我們。」

「？」黑帽子歪了歪頭，「我沒有啊。」

「呃……但是沒有你，我們也不會這麼順利的回去呀，謝謝。」

「呵呵。」

——不，沒有我的話，你們應該早就回去了。

青年偷笑著，但他當然沒有說出口。

「那個……」韓沁喜想說什麼，卻又支支吾吾了半天說不出口，平常伶俐的口舌都不知去哪了。她這個那個了半天，最後也只能憋出一句：「下……下次如果你來看學長的話，我……我會去跟你打招呼的。」

「哦，我會期待的。」

「你跟學長要幸福哦！」

「嗯？好……」

饒是黑帽子對這女孩也有些丈二金剛摸不著頭腦。她看起來好像是對自己很著迷的樣子，但真要說喜歡自己嘛，卻又句句都不離她的學長、自己的國王斯培德。可那股害羞扭捏勁兒卻也不像是裝出來的……

女人果然好難懂。方塊家的那隻毛蟲也是，都不懂在想什麼，好麻煩啊！他一邊下了這個結論，一邊自顧自地點頭。

這時，方塊王國的王牌辦公室裡，正在努力搜尋他們去處的卡特忍不住打了個噴嚏。

「那、那我回去了……」

「走吧走吧不要依依不捨了！」

最後還是閒話家常完了的黎筱愛，伸手把韓沁喜拖進看起來越來越細的空間裂縫。韓沁喜還忍不住回頭又多望了黑帽子一眼，那眼神說有多難分難捨就有多難分難捨。

而在五個人全進去之後，空間裂縫便完全閉合了。

◆◎◆◎◆◎◆

黎筱愛覺得今天的一切就像是個夢。她是跟小伙伴一起闖入夢境的愛麗絲，現在正要帶著有些意猶未盡的心情從夢裡醒來。

過程有驚無險，一切都很美好，雖然最後的空間裂縫不知為何感覺比較長，但仔細想想，每次從圖書館的鏡子走到紅心圖書館時也是很長，她就覺得並不意外。

終於踏上真正的、屬於他們的世界的地面時，所有人都鬆了一口氣。

「終於回來了……」符松覺得自己現在才真的算是完全放心了下來。至於老師那邊要用什麼藉口搪塞？那個到時候再說就好了。

「真的，我一度還以為回不來了呢……也以為你變不回來了。」穆閑調侃著好友。

「你還好意思說呢！閑閑你看見符松姐姐時可不是這麼大方啊！」溫宇薇毫不留情地戳了他一下，流彈還誤傷了符松。

「囉、囉唆！」

「不要再提符松姐姐了！」

兩個人同時發難。

「啊不過真的是非常奇妙又難忘的經歷呢……」溫宇薇轉過頭，完全不在意兩人的抗議，「吶吶，小愛，我覺得妳好像跟那邊很熟！妳是不是常常去啊？」

「呃，當然不是啦，怎麼可能常常……」

面對這個問題，黎筱愛一下子覺得有些尷尬，與此同時，韓沁喜扯了扯她的袖子。

「小愛……」

「嗯？」

「妳覺不覺得……怪怪的？」

「怪……」

黎筱愛把自己全身上下看了一遍，沒發現什麼奇怪的地方，但是身邊的其他好友卻發出了倒吸一口氣的聲音。而在這個時候……

「呀啊！！」

「那、那是什麼！」

底下傳來了尖叫聲以及嘈雜的人聲。

是的，是「底下」。不是周圍。

黎筱愛瞬間察覺到異狀出現在什麼地方。

——為什麼……行道樹看起來跟我一樣高？那一支一支插在路上的是……路燈？

「……我們……」少女低下頭，發現人群迅速地在他們旁邊圍成一圈，每個人都拿出了手機，閃光燈此起彼落。

「我們變大了！」符松慘叫。

「不會吧！有完沒完啊！」穆閑也慘叫起來。

「呀！」溫宇薇發現很多人在底下拿著手機拍照，立刻伸手壓住輕飄飄的裙子，一臉快要哭出來的樣子。

五人不知所措地站在現場，附近的高樓大廈看起來一點都不高了，就連屋頂看起來都是伸手可及。

「現、現在怎麼辦？」韓沁喜慌張地問。

黎筱愛也不知道該怎麼辦，圍觀的人越來越多，甚至連ＳＮＧ車都來了……天哪，我們肯定是晚間新聞的頭條！她想著。

「嗚哇啊啊啊——！」

在眾人都還杵著不知該如何是好時，溫宇薇第一個跑了出去。人群立刻尖叫散開，還有些人被推倒了，好在沒有更嚴重的事情發生。有許多人朝著少女的方向追了過去，而同時，黎筱愛竟也聽見了直升機螺旋槳的聲音從很遠的地方傳來。

「薇薇！」符松想去追她，但少女跑得很快。看著她的背影，少年不禁有些擔心路上的人車。

「我們……我們跟薇薇一樣分頭離開這裡，也趁機先躲起來吧！」黎筱愛無計可施，只覺得至少要先分散大家的注意力，「手機聯絡！」

「好！」

在不知道接下來該怎麼辦的這個時候，只要有誰做出指示，人就會稍微安心下來並乖乖地去做。韓沁喜挑了一個人少的位置很快衝了出去，又帶走了一些人，此時，黎筱愛已經可以看見飛過來的直升機了。

「我們是軍方人員，那邊的巨人，請不要移動，不要做出攻擊行為，冷靜跟我們走……」

透過擴音機放大的聲音聽起來有些含糊，黎筱愛覺得這一切實在是太荒謬了。連軍方都出動了！他們是什麼？哥吉拉嗎？

「小愛！小愛妳怎麼會變得這～麼大～！」

一道熟悉的聲音透過擴音機傳了出來，黎筱愛瞬間有種想喊救命的感覺。是老媽！

「小愛妳有辦法變回來嗎！』

果不其然，她一回頭，就看見搶了阿兵哥擴音機的母親一邊壓著被強勁的高樓風吹亂的頭髮，一邊對她大喊：『妳這～麼大隻！將來嫁不出去怎麼辦！』

圍觀人群爆出一片笑聲，黎筱愛漲紅著臉大叫：「現在不是那個問題啦！」

「媽媽覺得這問題超重要的啊～」

「媽妳很煩耶！」

母女倆脫線的對話讓所有人都停了下來不再移動，專注地看著一個巨大的女兒跟在直升機上的母親說話，符松跟穆閑對望了一眼，抓準這個機會，兩人同時往前大跳一步，躍過了人圈最多最稠密的地方，也逃走了。

「那兩個跑走了！快追！」

後面跟來的兩架直升機掉頭朝著符松和穆閑的方向追了過去。

看朋友們都逃走了，黎筱愛稍微鬆了口氣，但危機還沒有消失。

怎麼辦才好？怎麼辦才好？

她一邊跟母親說著沒有營養的垃圾話，一邊緊張地想著。

因為實在太危險，連消防車也來了，他們噴灑水柱開始驅散人群，警察將不願走的圍觀群眾架走，地上亂成一團。

有沒有人可以幫忙？現在這情況怎麼看都是鏡之國那邊出了事，他們吃的那糖果有問題！得找拉比才行，可是拉比現在醉成那樣，而且他在鏡之國，手機是打不通的⋯⋯

短短的時間內，黎筱愛想了很多個人，她隱約記得應該要找誰，應該有一個人是可以聯絡的，但是越急越想不起來——

「先抓這個！」

忽然，隱沒在螺旋槳聲底下，有個聲音這樣說。黎筱愛嚇了一跳，往後一看，正巧看見不知何時出現在後方的直升機上，有人對她舉起了槍。

「！」

她嚇得動彈不得，只能反射性地舉起手擋住頭和臉，緊接著就聽見砰的一聲巨響——

然後是，寂靜。

「⋯⋯」

少女覺得自己好像等了很久。

——奇怪，這是被打中的感覺嗎？為什麼不會痛？難道是我現在很大隻，所以子彈打到不會痛嗎？

她慢慢地把手放下，忽然發現一切都靜止了。人、車、水柱、直升機，一切都停了。直升機甚至還飛在半空中沒有掉下去，她看見前面那架直升機飛歪了，母親轉頭搥打阿兵哥的手也停在半空中。

一切就像是影片定格似的。連聲音都沒有了。

「……發生……什麼事了……？」

她愣愣地放下手，看著這一切，萬分不解。

「這邊，看這邊，小小姐。還是現在應該叫妳大小姐？」

一道懶懶的聲音在她身邊響了起來。

這聲音好像聽過？

黎筱愛朝著聲音的方向望去，發現有個紅色的人影站在隔壁較矮的大樓樓頂對她揮手，正好跟她的視線齊平。

「啊！」少女忍不住大叫，「你……你是……！」

「葛里風。又見面了。」

懶懶散散，散發出一股頹廢慵懶感的青年朝她笑了笑，並微微一鞠躬。站在大樓樓頂的，正是黎筱愛下午才見過的、現任紅心王牌葛里風。他手中拿著兩把劍，一把是他下午用來跟黑帽子戰鬥的「一妄一虛」，另一把黎筱愛總覺得有些眼熟。

「那個……那是不是拉比的……」她不確定地問。

「啊啊，這個啊。」葛里風看看手中的杖刀，「嗯，是拉比殿下的。沒辦法，緊急狀況，先不說拉比殿下現在根本無法行動，就算他能動，也無法流暢地操作這把武器，只好由我代勞了。真麻煩啊。」

「所、所以這一切……」

「是我。」葛里風點點頭，「說聲謝謝來聽聽？」

「怎麼辦到的！」情況一好轉，少女的好奇心就立刻凌駕了危機感，「好厲害哦！你是讓全部人的時間都停止了嗎！那為什麼我跟你都還可以活動？」

「唔。」紅心王牌顯然被她的行為嚇了一跳，下意識地往後退了一步，「呃、嗯，這是紅心特有的能力。我的武器是十秒內的任意時間操縱，國王的武器是封閉單一對象的時間，而兩把武器同時在場時，有一個特殊技能，是大範圍的控制……那邊的戴蒙殿下你好了沒有？再不動手我就要連宇宙誕生的秘密都說出來啦……」

「咦？」

黎筱愛還沒回頭，就聽見像是鞭炮炸裂般砰的一聲巨響，脖子後面緊接著傳來了針刺似的疼痛。她唉了一聲，疼得瞇起了眼睛，手下意識地往脖子後面一摸……

而等她再張開眼睛時，眼前的景象忽然又變了。

行道樹很高大。大樓也很高大。路燈也很高大。頭頂上有直升機，旁邊有很多警察，還有消防車……

只是，他們都不會動。

但尺寸是對的。

「啊……」她看著自己的手，又四處張望了一會。

變……

「變回來了！」她驚訝的大叫，「怎、怎麼會！剛剛發生了什麼？這一切究竟是怎麼回事？」

「你們進去的那地方，並不是什麼恢復原狀的屋子。那是放大屋，是只有在狂歡節時會開放的。」

冷冷的男聲從她身後傳來。少女回頭，看見方塊國王戴蒙朝她走來。戴蒙手上拿著一支白色的燧發槍，槍身上有著精緻的金色裝飾，槍口還在冒煙，很顯然是剛剛開過槍。國王並沒有穿著黎筱愛第一次看見他時的淺灰色西裝，他換上了一身白色的長大衣，腰上扣著一條皮帶，側邊掛著好幾種不同的子彈袋。

「啊，戴、戴蒙陛下，您好。」黎筱愛連忙鞠躬行禮。看見黑帽子時是害怕，看見戴蒙時則是緊張，她覺得自己的手腳都有些僵硬。

「妳好。沒有及時處理你們的事情，我在此致上十二萬分的歉意。」

戴蒙也朝她鞠躬，這讓黎筱愛一下子慌了手腳。

「咦，咦，這個，不用道歉啦，呃……」

「沒關係，反正他只是禮貌上說說，妳就隨便聽聽。」

隨著什麼東西輕巧落地的聲響，葛里風那總是很愛睏的聲音也從黎筱愛身後傳來。她回頭，看見紅心王牌竟然從上面跳了下來。

「咦，葛里風先生，你是直接跳下來的！？」

「坐電梯太麻煩了，我先沿著水管爬下來再跳到樹上然後跳下來的。」青年聳聳肩，接著問道：「怎麼樣，接下來去哪，戴蒙陛下？另外，可以的話請快點讓你們那邊的人來接手，持續這樣同時使用兩把王器，我覺得有點累了。」

「馬上就來了。」

戴蒙拿起掛在外套領子上的耳麥說了什麼，四面八方立即冒出一群穿著套裝窄裙的女性們。她們手中都捧著一個看起來像是罐子的圓形東西，站成一個巨大的圓圈，把整個場所包圍起來。

「執行清除計畫，清除這區域十分鐘內的記憶，並隨機植入日常記憶。」戴蒙命令道。女子們立刻動作劃一地蹲下，將罐子放在地上，從套裝口袋裡掏出一包粉末倒入罐子裡，然後點火。

濃郁的香味立即飄散開來，黎筱愛驚覺這香味她聞過。

「是那時候的香味！」她立刻摀住鼻子。是上次杏子事件最後時她聞到的那個味道！

「……」戴蒙瞄了她一眼。

「不不不，我才不要忘記呢，我不會扯後腿的！不要洗掉我的記憶！」

黎筱愛的頭搖得跟波浪鼓似的，因為摀著鼻子，她的聲音有些含混不清。

「……聽說你上次對她用這招，結果沒成功。」葛里風聳聳肩，「你是想再試一次看看嗎？」

「不管了。」戴蒙沒好氣地哼了聲，「還有四個人要處理呢，快走。」

「那我多久之後可以收了這邊的時間停止？」

「五分鐘之後。」

「好久喔！」葛里風大聲哀號，「很累人你知道嗎！你自己同時用兩把王器試試！不要這麼會使喚人啊，我可不是你家的人！」

「你自願要來的。」戴蒙沒理他。

方塊國王從口袋裡掏出一支短笛，放在嘴裡吹了一下。極高頻的笛音讓黎筱愛耳朵有些不舒服，她難受地摀住耳朵，再放開的時候，就聽見了馬蹄聲由遠至近地傳來。她滿懷期待地一回頭，看見兩匹白色的馬從街角拐了出來，朝他們的方向跑來。

不，那不是馬——待那生物跑近了，少女才看清楚。

那是獨角獸。

「天啊！我第一次看見獨角獸！」她忍不住興奮尖叫，「可以摸嗎？我可以摸嗎？」

獨角獸看著她，不知是因為傳說中親近純潔少女的特性抑或是其他的原因，牠親暱地用鼻子蹭了蹭黎筱愛的臉頰。

「呀！好開心喔！我要拍下來！」

說著她真的掏出手機自拍了一張。一隻手還不忘記摀住鼻子。

「如果妳不是第一次看見的話，那可真是會嚇死我啊，這位小姐。」葛里風嘆了口氣，緊接著勸她道：「好了，快走吧，不然這香味聞多了，真的什麼事都要忘光了。要帶上她嗎，戴蒙陛下？」

方塊國王又瞄了黎筱愛一眼，後者正用期待的眼神看著他。

「……看你方便。快走，卡特已經追蹤到位置了。」

戴蒙把問題丟回給葛里風，自己抓住韁繩漂亮地翻身上了獨角獸的背，拍拍獨角獸的脖子，往前衝了出去。

「應該是看你方便才對吧……」葛里風無奈地自言自語。他低頭瞄了黎筱愛一眼，嘆了口氣。

「算了，妳好像跟王儲殿下很熟。上來吧。」

他將少女抱上了獨角獸，然後自己俐落地翻身上馬。獨角獸嘶鳴了一聲，撒開蹄子，跟上了前方的同伴。

第六章　我很同情你的狀況。
I'm very sorry you've been annoyed.

斯培德覺得，今天真是美好的一天。在社團訓練中揮散汗水、跟同伴一起笑鬧，雖然社團裡也有些人開玩笑地抱怨明明是假日卻還要來學校真是辛苦，但他完全不這麼覺得。總比出任務要好多了。

這才是人過的日子！一般人過的日子！為了雞毛蒜皮的小事煩惱！為了不賭上性命的比賽而練習！回家就能洗個澡懶在沙發上一邊看電視一邊思考什麼時候要寫作業！然後到睡覺前才草率地寫完或是乾脆隔天來學校抄同學的！

多棒的生活。

他一邊收拾著自己的背包，一邊看著其他人聊天打屁的身影，為這充實愉快的一天滿足地嘆口氣。雖然後面兩項他做不到，教養良好的黑桃國王總是回家就立刻解決作業然後開始批改文件，但想想並不犯法。

「欸，嚴琅鋒！」

忽然，同社團的朋友朝他跑了過來，「你現在要直接回去了嗎？」

「應該吧……可能繞去買個零食什麼的。」他一邊回答一邊覺得「繞去買零食」這句話聽起來實在是既普通又生活化。這種感覺實在太棒了。

「不要去買什麼零食了啦，剛剛發生大新聞耶！」那人興奮地說。

「對啊對啊，剛剛在某科技園區那附近發生大新聞了！」另一個人也湊了過來，用同樣興奮的口氣說。

「大新聞？」黑桃國王有些疑惑。

「你都沒開ＦＢ喔？剛剛剛有人實況！聽說科技園區那邊竟然出現了巨人！而且還是五個！」

「對對對，好像三、四公尺高？差不多跟行道樹一樣高！超炫的！剛剛軍方已經出動直升機了！」

「……你們在作夢吧？還是什麼拍片的現場？」

斯培德非常希望自己聽錯了。巨人？不會吧？

「有證據、有證據！」第一個衝過來的人立刻拿出了手機並打開了社群網站，滑了幾下後，將手機舉到他面前，「你看！」

顯示在手機螢幕上的畫面讓斯培德瞬間覺得一口老血哽在胸口，吐也不是、不吐也不是，鬱悶得想死。

畫面裡的確是五個巨人，看起來是三女兩男，先不說光是「巨人」就足夠他聯想到自己的家鄉鏡之國了，更重要的是，其中一個女孩子，他見過。

那不就是拉比的那個朋友嗎！叫做小愛來著！隔壁那個戴眼鏡的女孩他也在前陣子拇指姑娘舞臺劇的後臺見過！一切都跟鏡之國脫不了干係！

又發生什麼麻煩事了！

「是巨人吧！真的！不是ＰＳ也不是特效！」抓著手機的少年眼睛還亮晶晶地充滿了期待。

斯培德乾笑著回應道：「嗚哇……真，真的是巨人耶，好嚇人啊。」連他自己都覺得聲音實在是缺乏抑揚頓挫，毫無感情，就跟背書一樣。

「要不要去看看？剛剛最新消息是跑掉四個了，只剩下一個在現場！現在全ＦＢ都在傳消息要找跑掉的那四個！我們也一起去吧！」

「要去找啊……」斯培德興趣缺缺。這種事情不該由他處理啊，他才不想花那個力氣呢，這應該是戴蒙那個混蛋家的事啊……

「我覺得不需要吧，你看，巨人那麼大，也滿危險的，要是出事了就不好了。還是交給專業的人去解決吧。」他勸告道。

「哎唷只是去看看嘛……啊！其中一個好像跑到附近來了！」

「什麼？」

就在斯培德還沒搞清楚狀況時，整個跆拳道社團還剩下的人都呼朋引伴地跑了出去。看來大家都努力刷著社群網站追最新進度，一聽說跑到附近來了，所有人的八卦之心都沸騰了。

「走啦！再不走就搶不到位置了！」

兩名少年一個推一個拉地將斯培德拱出了社團教室，黑桃國王就連想逃走都沒辦法。

——根本不需要這麼興奮的去湊熱鬧啊，反正等事情一結束，你們就會全部忘光了……

雖然心裡這麼想著，然而這種事情是不能說出來的。他嘆了口氣，拎著背包，正要隨著朋友的腳步踏上樓梯時，卻忽然聞到了一股奇妙的味道。

——這是……！

斯培德立刻摀住了鼻子，但拉著他的朋友卻沒發現他的異狀，還使勁地嗅了嗅：「這是什麼味道……香味？誰的香水？好濃……咦？」

「好、好暈……」

「我也是……怎麼會……」

香味迅速充斥整個樓梯間，原本還想衝出去的人聞到這個味道後全都軟倒在地，而且很快地就一個接一個失去了知覺。在所有人都倒下之後，一股異樣的寂靜籠罩了剛剛還如開水沸騰般熱鬧的空間。

這狀況他太熟悉了。

「全體昏迷的迷香，跟空間封鎖的結界……才說著呢，人就到了啊？」

對普通人來說非常有效的麻痺昏迷效果，對斯培德毫無作用，只讓他稍微有點頭暈。黑桃國王搖搖頭甩掉那個感覺，敏捷地三兩下上了樓梯，剛出社團大樓的門，就看見熟悉的女性人影。

「卡特！」

他邊喊著對方的名字邊跑了過去。正在指揮方塊的人偶的卡特聽見有人喊她的名字，回頭就看見斯培德的身影。

「是斯培德陛下。」她簡單地行了個禮，「沒想到您在這裡，迷香沒有誤傷您吧？」

「沒有，你們用的劑量很輕啊。」斯培德看著偌大的校園，全都是躺倒的人，穿著套裝的女性人偶正穿梭在空間裡，似乎在找尋著什麼。

「發生什麼事了？巨人是怎麼回事？為什麼拉比那個朋友會變成巨人？」

「他們通過時空錯置的縫隙誤打誤撞進了方塊王國的居住區，今天又剛好是狂歡節，誤食了『糖果』才會變成這樣。我們正在搜尋。」卡特簡單地交代了一下，但並沒有將中間曲折的過程以及黑桃王牌搗亂的經過說出來。

「哦～」聽見卡特這樣說，斯培德鬆了好大一口氣，「所以這次是方塊出的問題？」

「這……」卡特眼神飄忽，「是的……大致上可以這樣說沒錯。」

「YEEEEEEEES！」斯培德差點要跳起來歡呼了，「終於！戴蒙他也有今天！哇哈哈哈！五個人！而且還四散逃逸！從來沒出過這麼大的包吧！哈哈哈哈！」

看見死對頭吃癟，斯培德原本就不錯的心情變得更好了。興許是心情實在太好了，他殷勤地湊到卡特旁邊問：「有沒有需要我幫忙的？不過你們只是把人找出來而已，好像用不到黑桃的力量？妳封鎖這邊是因為人跑到這裡來了嗎？啊哈，我也來幫妳找吧？畢竟這裡是我學校，我還是滿熟的……」

「斯培德陛下，請你不要騷擾敝人的王牌。」

就在黑桃國王說得正開心時，一道讓他高昂的興致瞬間冷下來的冷冽聲音插了進來。

黑桃國王不爽地嘖了一聲，但他隨即換上了挑釁的笑容，轉身對走過來的方塊國王笑著說：「哎呀，這不是戴蒙嗎？來收拾殘局的嗎……咦？連葛里風都來了？」

「喲。」紅心王牌伸出手打了招呼，「好久不見。」

「真的是好久不見！你這個懶鬼怎麼會出現在這裡？明天黑梅王國不舉辦慶典或宴會了嗎！」斯培德開心地迎了上去。

「嘛，我們家王儲也捲進了這事裡，所以我只是來幫個忙……」

葛里風話說到一半，黎筱愛就從他身後冒了出來，「呀！學長好！」

「是小愛啊！已經變回來了嗎？」

「是，都要感謝戴蒙陛下。」黎筱愛偷瞄了隔壁的戴蒙一眼。

方塊國王很稀奇地沒有出聲諷刺一開始就上前挑釁的斯培德，只是用一種似笑非笑的眼神看著他。

「感謝？那是他該做的，妳不用謝他，不就是因為吃了他家的糖才會出問題嗎？」黑桃國王意有所指地看了戴蒙一眼，「其他被變大的也是妳朋友嗎？好，就讓我來幫忙抓他們吧！雖然是戴蒙出的問題，但好歹我也是鏡之國的一員……」

「你事情還沒問清楚，就開口閉口說都是我的問題，這樣真的好嗎？斯培德陛下？」戴蒙終於說話了。

「啊？剛剛連你們家的王牌都這樣說喔，不然還能怎麼樣？難道是我的問題嗎？」斯培德毫不猶豫地還擊。

「……」戴蒙挑了挑眉毛，難得地笑了，「這個嘛……黎筱愛小姐。」

「啊，是！」

「能不能麻煩妳跟這位偉大的、正在放假的黑桃國王陛下說說，他們家的王牌做了什麼事呢？」

「……黑帽子？不會吧？」斯培德心中忽然有非常不好的預感。

黎筱愛抓了抓頭，有些苦惱，「這講起來有點長耶？要從頭說起嗎？」

「時間的話，請不用在意。其他的人都變回原狀並送回家了，就剩下一個，雖然暫時找不到，但我們封鎖了區域，她也出不去，迷藥的效果也夠長……」戴蒙頓了頓，然後一個字一個字緩慢地說：「請黎筱愛小姐，務必，『鉅細靡遺』地，跟我們交代一下完整的事情經過。」

在說這段話時，一向撲克臉的戴蒙，臉上的笑容簡直燦爛得讓人驚訝。別說是跟他不太熟的黎筱愛了，連認識他較久的葛里風和斯培德都覺得訝異。卡特看著自家國王，嘆了口氣。

「那……那我們去那邊坐下來說吧……」

黎筱愛指著前方小徑旁放著的椅子，一邊走一邊回想並組織著今天發生的事情經過，努力思考著怎麼樣才能說得既精采又引人入勝……

◆◎◆◎◆◎◆

斯培德覺得很想死。

不對，在死之前，他要先砍死黑帽子。

黎筱愛把這段經歷講得無比生動，黑桃國王幾乎能夠想像出每個畫面——每個黑帽子故意搗亂的畫面。連聲音都能想像出來。

——這傢伙就不能讓我過一天平靜日子嗎！

他氣得牙癢癢的，恨不得現在就衝回鏡之國找自家王牌算帳去。

「……結果等我們從空間裂縫走出來就變成這樣了，接著就引起了很大的騷動。」自己知道的部分總算是告了一個段落，黎筱愛舒了口氣，「大概就是這樣吧，還好戴蒙陛下把我們都變回來了，不然真不知道該怎麼辦耶……」

「你……早就知道，所以一直等著嗎？」斯培德瞄了戴蒙一眼，剛剛還趾高氣昂的，現在只覺得異常心虛。

「自從知道黑桃的王牌摻和進這件事之後，方塊這邊一直都全副武裝地準備應對各種狀況。」似乎是看見黑桃崩潰的表情而心情比較好了，戴蒙恢復了公事公辦的口氣，「即使因為狂歡節而導致嚴重的人手不足，我們也盡最大的努力來防止最壞的狀況發生。」

「唔……所以現在的情況是？你們抓到了其他三人，還剩下一個？」

斯培德已經不想再去追究這意外到底是誰惹出來的了，他忙把話題帶向現狀上，希望可以儘快搞定，讓他回家去跟黑帽子好好地用拳頭「談一談」。

「剛剛不是就說過了嗎？」戴蒙面無表情地說，「我們先找到了離諾伊爾閣下開的空間裂縫最近的黎筱愛小姐，在我處理這邊的情況時，卡特同時搜尋到剩下的三個人，並將定位回報給我。黎筱愛小姐那裡結束之後，我們在河堤邊的一個空屋裡找到了溫宇薇小姐，接著分別找到了穆閑先生以及符松先生。」

「你是怎麼……」原本還想問些處理過程的斯培德看見戴蒙手上的燧發槍，及時把話吞了回去，「……『無執無擾』……你用子彈解決的？有需要出動王器嗎？這並不是執念作祟吧？」

「就算不是執念作祟，但他們吃的是以被處理過的『執念』的能量做成的變身糖，糖果又在他們體內留了這麼久，會出現什麼反應根本不得而知。畢竟那東西根本不該讓外界的人碰到。保險起見，直接用『無執無擾』把引起效果的源頭消滅是最快也最安全的方式。好在目前都沒有出什麼問題。」

在方塊國王說明情況時，黎筱愛好奇地看著靠在他肩上的那把槍。剛才找到其他逃走的人時，戴蒙先差遣她去跟朋友們說話，分散他們的注意力，然後再出其不意地開槍射擊。

神奇的是，每個朋友中彈之後，都立刻變回原本的樣子，而且沒有任何外傷了。而站在前方的黎筱愛可以很清楚的看見，每當戴蒙開槍的時候，槍上那顆透明的石頭會跟金色的金屬撞擊出一片絢麗的火花環繞整個槍身，就像魔法似的，十分漂亮。

「那個……我可以問一個問題嗎？」她忍耐了半天，最終還是小心地舉起了手。

「有什麼問題？」戴蒙現在似乎真的心情很好，竟然沒有無視這個總是問個不停的好奇寶寶。

「所謂的消滅源頭是指……？我們是因為那樣才變回來的嗎？」

「……」戴蒙沉默了一下才道：「雖然這種事情沒有必要向妳解釋……但說了倒也沒有關係。畢竟妳已經看過其他的王器了。這把槍就是方塊王國的王器，名為『無執無擾』。妳知道燧發槍的原理嗎？」

「不……不是很清楚。」黎筱愛縮了縮脖子。

對於一個平常對武器沒有特別喜好的女孩子來說，別說是運作的原裡了，就連燧發槍這三個字都非常陌生。

「燧發槍是近代槍械的前身，開槍時扳機與這裡的燧石連動……」戴蒙指著槍身上用金屬夾片扣住的那顆透明的金色燧石，「當它往下敲擊前方的防塵蓋時，會產生火花帶入槍管，引燃火藥，導致爆炸而產生推動子彈的動力。這把槍的原理也是如此。這顆燧石等於是『無執無擾』最重要的本體，它往下撞擊時，會產生具有消滅執念的能量，那股力量進入槍管凝結成子彈，然後迸射出去。」

「原來是這樣……好神奇喔……」

黎筱愛著迷地看著「無執無擾」。這把槍實在是很美，通體全白，也不知道是什麼材質做的，再搭上金色與黑色的金屬裝飾，看起來非常優雅又高貴。雖然拉比的杖刀「無念無想」也很漂亮，但還是戴蒙手上的這把王器要再更華麗一些。

「這麼說的話，是因為我們體內的執念被消滅了，才變回來的嗎？」說到這裡，少女忍不住摸了摸後頸，「說來，我明明被槍打了，卻沒有受傷呢。」

「『無執無擾』如果是使用本體的力量的話，對執念以外的物體是沒有任何效果的。你們是因為由執念的能量所做成的變身糖的效果，才變成巨人的，所以只要消滅那份能量就可以了。」

「哦……對了，我還有一個地方想不明白！」黎筱愛眼看方塊國王竟然認真地回答了自己的問題，覺得應該打鐵趁熱，把想問的事情問個夠本，「如果吃了糖就會變大，但我們在那屋子裡的時候並沒有變大呀？反而是成功變回來了！」

「變身糖的效果無法同時存在兩種，只要吃了第二種，原本的效果就會被覆蓋。而放大屋是特別建造的，在裡面的時候，糖果的效力會被壓抑，出了建築物才會生效。你們沒有從後門出去，所以不曉得，其實放大屋後面是一片很大的空地，那是讓變成巨人的人們活動的地方。在方塊王國，太過劇烈的變身都是需要在特定的場所進行的，我們在這點上有良好的規範。」

「結果規範到讓外面的人吃了糖……」聽到這裡，斯培德還是忍不住落井下石一下。

「是，我們的規範真的不夠完善，應該完全禁止黑桃相關的人士入境才對。」戴蒙冷冷地反擊。

「……咳，反正現在就是要把最後那一個找出來對吧？」斯培德很快又把話題拉了回來，並同時在心裡唾棄自己的嘴賤，「嗯，就像我剛剛說的，我唯一的優勢就是對這校園比較熟悉，能建議你們往哪些方向去找，畢竟黑桃的能力主要還是破壞，在這件事上我真無法動用王器共襄盛舉。」

「沒關係，我也不用王器了，現在只剩下一個，我終於可以休息了。」葛里風打著哈欠道：「吶，我可以回去了嗎？接下來應該不需要什麼支援了吧？也不需要額外控制場面的手段了。」

「你在說什麼啊，當然是多一個人多一份力量啊！早點找到人，早點回家，我是不會讓你現在就回去的。」眼見其中一個戰友要逃脫了，斯培德立刻阻止。

「什麼？我也要找嗎？」紅心王牌彷彿聽見什麼噩耗般整個人絕望地往後癱在椅背上，用懶散的聲音抱怨道：「好～麻～煩～啊～」

「就當運動嘛，反正你都清閒這麼久了。」

「當然是能不動就不要動啊，我都退休了，你們別折騰我。」

「你哪退休了？退休了還能拿著『一妄一虛』到處走？」

斯培德又跟葛里風閒扯淡了起來，戴蒙沒有理會他們，他站起身，理了理衣服，看著站在隔壁的卡特，「放出去的人偶呢？找到東西了嗎？」

「沒有。」卡特調整著耳機，搖搖頭，「對方還在這個範圍裡，但是人偶卻找不到目標物……」

「找不到？」斯培德奇怪地插話道：「是變成巨人吧？剛剛聽說有三、四公尺高，這樣應該非常顯眼才對，除非她躲進了建築物裡面。如果是躲進了建築物的話，體育館可以找找看。」

「體育館嗎？哪個方向？」

「那裡。」斯培德指著遠遠一個突出樹冠上的蛋形穹頂，「讓在那附近的人偶過去看看。雖然是假日，但因為那裡也是對一般人開放的，所以我想大門應該沒有上鎖。」

戴蒙點點頭，轉頭對卡特吩咐道：「妳過去看看。」

「是的。」

卡特應允下來，迅速地離開了。

「真是能幹啊……」看著方塊王牌離去的背影，斯培德忍不住嘆氣，「哪像我們家那個……除了找麻煩以外什麼都不會……」

「太縱容屬下是管理者的失職。」戴蒙冷冷地說。

「……可是至少他很會打啊。」斯培德嘟噥著，「而且也沒有這麼不聽話啦……」

「算啦，黑帽子不受控制也不是一天兩天的事了。」葛里風緩頰道，「反正只要任務時能發揮作用就好了，畢竟黑桃最重要的還是戰力……小心！」

彈指間，攻擊襲來。黎筱愛前一秒還津津有味地聽著國王們與王牌聊天，再回神時卻發現自己已經被葛里風帶著跳開，而他們剛才坐著的椅子卻沒了——不，正確來說，是連旁邊的花圃都沒了。那裡變成了一個巨大的坑洞，土壤、碎裂的水泥塊、鋼條、以及植物殘敗的枝葉四散堆在坑洞裡。

「發……發生什麼事？」

少女見這景象，不禁覺得膝蓋有些發軟。他們剛剛還坐在那裡啊！

「我靠，怎麼回事！」畢竟是時常對付凶惡怨念、實戰經驗無比豐富的斯培德，他在攻擊來襲的瞬間就立刻閃了開來，並把戰鐮「無怨無嗔」握在了手上，「戴蒙！說好了不是事件啊！不是只要把變成巨人的國中女生找回來嗎！」

「變異了。」戴蒙早已端起了槍，槍口還冒著煙，剛剛那不到一秒的瞬間，他竟然完成了一次攻擊，「……第二壞的情況。」

「第二壞？那第一壞呢？」

「最壞的情況的是目標變異，並展開空間。沒有展開空間，代表她並沒有完全跟執念結合，只是暫時被變異的效果操縱而已……」戴蒙邊謹慎地觀察著周圍邊說：「已是不幸中的萬幸，不然會更麻煩。剛剛我開了一槍，但是沒打中，可能會再來，大家小心。」

「等、等一下！」黎筱愛聽得出事情不妙，她緊張地問：「剛剛那個……該不會是阿喜吧？」

「我想是的。」戴蒙點點頭。

「怎麼可能？阿喜沒有這麼大的力氣啊！就算變大了也……而且，她的動作也沒有這麼快！不可能攻擊我們之後立刻又消失吧？所謂的變異是怎麼回事？」

「我很難詳細說明。總之，不能再用一開始的情況去判斷了，變異之後，她現在可能並不是一開始的巨人形貌。至於會變成什麼樣子……很難說。」

「騙、騙人……的吧……」黎筱愛轉頭看著那個坑洞，渾身發抖。能製造出這樣的破壞……她無法想像那個所謂的變異，到底在好友身上造成了什麼改變。

「又來了！」黑桃國王吼道。

全神戒備的斯培德很快地判斷出了對手的方向，他抓緊戰鐮猛地轉過頭，準備展開攻擊——但出乎意料的，在他預想的那個地方，什麼也沒有。

「咦……」

這意料之外的情況讓黑桃國王愣了一下，動作也慢了半拍。

「危險！」

戴蒙一把拎住他的領子往旁邊滾，在千鈞一髮之際閃開了攻擊。

方塊國王動作極其迅速地端起槍扣下了扳機，燧石敲擊，在槍身周圍炸開絢麗的金輪，同時發出砰的一聲槍響。什麼都沒有的空中忽然迸出一片金色碎光，同時半空中甩下了幾滴黑色的汙漬，那些汙漬快速地沿著前方一路灑落，接著忽然就消失了。

攻擊來得快去得快，一切又恢復了寂靜，要不是地上留下了一個坑洞，周圍還有坑洞中噴濺出來的碎石子，誰也不會意識到這裡剛才發生了極短的一場戰鬥。

「什麼都沒有……」被戴蒙壓在身下的斯培德猛地喘了口氣，有些驚恐，「我剛剛感受到了氣息，卻什麼也沒看見！」

「我有看到。」戴蒙瞇了瞇眼睛，望著黑色汙漬消失的那個地方，「一點點。」

「你有看到？！」

「嗯，空氣中的接縫有一點微妙。看來異變表現出來的徵象是透明化。真是太糟了。

看這忽然消失的樣子，可能也有空間操作的能力。好在布下了結界，她怎麼跑也只能在這個範圍裡，不然可要重找了。」

黎筱愛看著地上的那些黑色汙漬，結結巴巴地問道：「那那、那是血嗎？剛剛……剛剛阿喜被打中了嗎？」

「我說過了，這把槍只對執念有效。就算打中也是擊中『執念』的本體，不用擔心妳的朋友。不過剛才也只擦到了邊上……沒能直接擊潰。」說到這裡，戴蒙哼了聲，似乎是覺得很可惜。

「我說，那兩次都是衝著你來的啊，斯培德。」葛里風疑惑地問，「為什麼是你？」

「我怎麼知道啊？」斯培德老早就從地上爬了起來，他拍掉身上的塵土，也是一臉莫名其妙，「真是太奇怪了……啊，可惡，破了……」他看著胸口上T恤被扯出來的洞，心疼地喃喃自語。

「你是不是有對人家小姐做了什麼？不然沒理由針對你啊？」葛里風狐疑地看著他。

「我哪有啊！」聽見這句話，斯培德簡直要氣得跳起來了，他抗議道：「我好像也只見過她一次吧！除了握手以外什麼都沒做啊！我哪知道她為何要針對我！」

「真的嗎？」

「……真的嗎？」

葛里風和戴蒙都用懷疑的眼神看著他。

「騙你們幹什麼！我一直這麼忙！哪有時間去幹什麼奇怪的事啊！」黑桃國王簡直哭笑不得。

「可、可是……」黎筱愛忍不住插嘴，「好奇怪啊，阿喜怎麼會攻擊學長呢？她最喜歡學長了啊……」

「喔？」聽見這句話，戴蒙挑了挑眉毛，「這是怎麼回事？不是說只見過一次面？」

「只見過一次沒錯，不過她是學長的粉絲。」見兩人都露出不解的模樣，黎筱愛又補充說：「是真的！學長在學校很出名啊，有很多人都很崇拜他，阿喜就是其中一個。」

「……原來你還有粉絲啊……」

戴蒙和葛里風看著斯培德，異口同聲地說著。

黑桃國王抹了下臉，覺得耳朵燙得都要熟了，「那個……別、別管了……抓人要緊……」

「黎筱愛小姐，妳剛才說韓沁喜小姐很喜歡斯培德陛下，具體來說有什麼表現嗎？」戴蒙追問。

「喂喂喂現在不是嘲笑我的時候啊！有需要問這麼詳細嗎？」斯培德氣急敗壞地握緊拳頭喊著，但是戴蒙並沒有理他，只是用眼神催促黎筱愛快說。

「這、這個……具體來說……」黎筱愛一邊回想著朋友平常的舉動，一邊道：「她每天都會跟我報告學長做了什麼、又參加了什麼活動，還有他們群組打聽出來的新情報，例如『今天學長竟然帶了早餐來學校吃！平常他好像都是在家裡吃完才來的！』或者是『今天學長他們班體育課跟○○班同一節！他們在測跳高！學長跳得好高啊，是我們學校的紀錄保持者！』之類的……而且每次說到這些的時候，她都會露出很幸福的表情，打斷她的話她也不會理你，你不聽她還會生氣呢。」

「……你真是非常深刻地被喜愛著啊……」葛里風望著斯培德，用喟嘆的語氣說。

「葛里風！」

「請問……這個……很重要嗎？」黎筱愛不明就理地問。阿喜的學長痴漢生態報告對現在的情況有幫助嗎？

「很重要。妳這樣說，我就明白了。」戴蒙並沒有在葛里風之後對斯培德追加攻擊，只是搓著下巴思考著。他的表情非常認真。

「如果是這麼深切的熱愛，那就是執念。現在韓沁喜小姐應該是因為變異的影響而放大了自身的執念，並且失去了自我的意識。她現在只單純地『想要』她喜愛的事物……」

說到這裡，他轉頭看著黑桃國王。

「也就是你，斯培德陛下。」

「唔……」斯培德後退了一步，「原來你不是為了要吐槽我才……等等，我覺得剛剛小愛說的內容很可怕啊……我知道有一些人因為我在體育跟武術上的表現很亮眼而挺喜歡我的，但是剛剛那些，分明已經是跟蹤了啊！」

「原來學長你不知道嗎？」黎筱愛有些訝異，「託阿喜的福，我可是連你午餐吃了一個雞腿便當又啃了一個炒麵麵包，還有你下午第一節去了廁所這種事情都知道耶……」

「等等！難道我的一舉一動都被監視著嗎！這也太可怕了！」斯培德覺得渾身發冷，卻又疑惑道：「可、可是我為什麼沒有察覺？我可是個練武的人啊！」

「因為沒有殺氣吧，畢竟她們又沒有想要對你怎麼樣。哎呀，這真是幸福的煩惱啊，青少年。」葛里風嘿嘿笑著，「還好不是發生在我身上，感覺超——麻煩的。」

「你別說風涼話啊，我都快嚇死了……」

「卡特，你們那邊有動靜嗎？」

那邊又非常沒有危機感的扯淡了起來，這邊的戴蒙則抓起耳麥，詢問自己的王牌其他地方的狀況。

「沒有嗎……嗯。我們這邊剛剛被攻擊了。不，不用緊張，這裡可是有兩個國王、一個王牌在，沒事。妳先讓人偶們待機，然後回來。情況很微妙……」

在戴蒙跟卡特聯絡的時候，斯培德與葛里風依舊你來我往地鬥著嘴。不過，雖然他們嘴上在講話，手卻都牢牢握著武器。斯培德雙手抓著「無怨無嗔」鐮，葛里風的手則一直都放在「一妄一慮」的劍柄上，兩人交談的空檔都不時觀察著周圍，隨時準備迎戰。

黎筱愛抓緊了葛里風的衣服。她很害怕，但是也很擔心。韓沁喜現在到底怎麼樣了？事情演變至此，是她根本連想都沒想過的。她看著表情凝重的方塊國王，雖然葛里風和斯培德的談話內容相當輕鬆也很有趣，但她卻沒有聽進多少。

「如果……不走那個電梯就好了。」想起事情的開頭，她很自責，「早知道就……」

「別這樣想，那不是妳的錯。」葛里風聽見了她的自言自語，安撫似的輕輕拍了她兩下，「空間錯置偶爾會出現，妳只是運氣不好。妳朋友沒事的，相信戴蒙陛下吧，他可是處理這種麻煩事的專家。」

「對啊對啊，真要說起來也是黑帽子的錯。」斯培德也加入了安慰的行列，「我回去一定好好幫妳修理那傢伙！不用擔心！」

「比起教訓黑桃王牌，還不如想想怎麼解決現在的情況。」戴蒙嘆了口氣，「你們沒發現嗎？攻擊停止了。」

「有發現。」斯培德點頭，「也沒有感覺到氣息。雖然對方是透明的，但只要靠近，我應該會知道才對。」

「可能是躲起來了。」葛里風也張望著四周，同樣沒有發現什麼異常，「兩下沒有得手就躲起來？這執念挺膽小的啊。」

「它的本體可是一個十四歲的女孩子。剛才又被我打了一下，應該是嚇到了。」戴蒙皺著眉頭道：「就算是透明的，只要卡特在，就有辦法讓它現形；而只要現形，一槍就可以解決。但如果它不出來，那就很麻煩了。」

「是啊，對方是透明的，就算你們家的人偶很多，也不一定找得到吧？」葛里風嘆了口氣，聳聳肩，「真的是麻煩啊。」

「要、要不要我來喊看看？我跟阿喜感情很好的！如果是我喊她，可能會出來也說不定……」黎筱愛自告奮勇。

「不行，太危險了。」戴蒙搖頭，「現在的韓沁喜小姐已經不完全是妳認識的那一個人了，妳可能會被攻擊。妳沒有自保的手段，我們不能讓妳冒險。」

「嗚……」提議被毫不留情地打了回票，黎筱愛挫敗地低下了頭。

「戴蒙陛下！」

這時，卡特趕了回來，身後是清一色穿著套裝的女性們。她們個個面容姣好，但都面無表情，規矩地排成兩列跟在卡特後面。

「妳回來了。剛剛經過兩次攻擊，已經大致瞭解狀況了。對象被變異的執念操縱，並且已經不是巨人化，而是透明化，可能還有空間移轉的能力。剛剛被我攻擊，現在躲藏著不出來。」

「透明化又躲藏著……是有點麻煩。」

「卡特，如果它出來了，妳有辦法解除它的透明化嗎？」

「可以。」卡特點頭，「執念的所有能力在『一思一轉』的槍口之下都會是無效的。手持『一思一轉』時，就算是透明，我應該也能看得見。」

「很好。那就只剩下把它引出來了……至於這個任務——」

戴蒙說著，轉頭望向黑桃國王，並微微勾起了嘴角。

「就要麻煩你了，斯培德陛下。」

「我！？」斯培德覺得很震驚。

「對方是你的粉絲，讓你當誘餌是再好不過的了。而且你也有戰鬥力。」

「剛剛它偷襲我兩次沒得手，又被你打了一下，你覺得它還會再出來嗎？就算是我一個人好了，怎麼看都很像陷阱吧？」斯培德搖頭，「我覺得有點難。」

「總是要試試。結界並不是永久的，我們的迷香時間也快到了，得快點處理才行。」戴蒙很強硬，「就這樣做吧。」

「那個！我我我有個提議！」黎筱愛忽然想到了什麼，用力舉起手請求發言權，「我知道有一個絕對可以把阿喜引出來的方法！」

「什麼提議？不會是要我脫了色誘吧？哈哈哈。」斯培德開玩笑地打哈哈，但一轉頭卻發現有兩個人很認真地看著他。

「我覺得這主意還不錯……」葛里風現在完全是一個看熱鬧不嫌事大的態度。

「有必要的話。」戴蒙總之是把解決事件放在最上位。

「開什麼玩笑啊！」

「不、不是啦，不是要學長脫……」黎筱愛話說到一半又改了口：「……但的確算是色誘吧。」

「……」斯培德忍不住退後了一步。

「但是這個方法絕對有效！真的！」

「說來聽聽。」

戴蒙和葛里風一人一邊抓住了斯培德以防止他逃跑。

黑桃國王翻了翻白眼，他要修正他半小時前的想法！今天真不是個好日子！

「就是……」黎筱愛眨眨眼，把自己的分析和提議說了出來……

第七章　我已經不是我自己了。

Because I'm not myself, you see.

韓沁喜當時從現場成功脫逃後，危機並沒有解除。她身後還是有一群人緊追著不放，她一邊跑還要一邊當心不要踩到人或是毀壞什麼東西，跌跌撞撞地，速度一直提不起來。

這都是些什麼跟什麼啊！她哭笑不得地想著。她明明只是跟班上同學一起去校外教學而已，接著卻遇到這麼多莫名其妙的事！早知道她就跟小愛說的一樣，早上想個理由請個病假就算了，還能去看學長！

啊，但要不是他們闖進了那個奇怪的空間，她也不會遇見學長的朋友……小愛好像都叫他黑帽子，他自稱也是黑帽子。這應該不是名字吧？他實際上叫什麼呢？

真該問的……

「呀！」

一邊跑一邊想事情不是個好習慣，對這個地方不是很熟的韓沁喜很快發現她轉錯了彎，拐進了一條狹窄的死巷子。

「糟了……！」

她回頭，一群人奔跑著也轉進了巷子。前面是牆，後面是人，牆雖然不高，但牆後面的大樓很高，縫隙又窄得進不去，看起來沒有出去的可能。

被抓到會怎麼樣？其實她沒有想過。被這麼多人圍著，每個人還都露出一副追逐獵物般的表情，她只覺得很害怕。

「死巷！」

「抓到了！」

「快打電話！」

那群人發現她進了死巷，興奮地大叫著。

「走開啦！」

韓沁喜害怕得連聲音都有點發抖。幹什麼變大啊！她埋怨地想著。

要是……要是跟之前一樣是透明的就好了！透明雖然有點不方便，可是至少不會這樣被追著跑吧！

「圍住她！」

——救命啊！小愛！黑帽子！學長……！

——如果這些人都看不到我就好了！

她害怕得蹲下來縮成一團，眼淚不爭氣地流了出來……

「咦？」

忽然，圍觀的群眾同時發出了大聲的驚呼。

「不見了！」

「等等，她剛剛還在啊！」

「不會吧！」

「忽然就不見了！」

「誰開著錄影功能！倒帶看一下！」

人群忽然騷動了起來，韓沁喜看著他們轉來轉去的樣子，滿心疑惑。人們擠在一起看手機螢幕，又大聲討論著，還有些人在她旁邊走來走去，但竟然都像看不見她似的。這情況韓沁喜已經經歷過一次了，所以她立刻反應了過來。

——我真的變透明了？

她看看自己的手，又看看面前依舊如同無頭蒼蠅般亂找的人們，迅速地移動到角落。

雖然是透明的，但只要被碰到就糟了，畢竟自己只是看不見，並不是消失了。

「就不見了耶～」

「太扯了吧！」

「快快放到 youtube 上……」

「握曹這可以貼去 MARVLE 版了……」

人們互相討論著。有些人一看沒戲，罵罵咧咧地離開了，有些人還不死心地在死巷亂晃，好幾次擦過她身邊。韓沁喜屏住呼吸，努力地踮腳靠牆，默唸著「快走快走快走快走快走」，一動也不敢動，深怕一動就被碰到了，被人發現位置。

就這樣又過了難熬的十幾分鐘，人總算走得稀稀落落了，她才大著膽子從角落躡手躡腳地走出來，看準了方向，從稀少的人群中穿過去——

「又出現了！」

「什麼時候！」

「咿！」

透明竟然在這時候失效了。她立刻邁開腳步奔跑，後頭一票人又是緊追不捨，完全回到了一開始的情況。

這透明化也太沒用了！竟然在關鍵的時候失效！她簡直要抓狂。

不過，剛剛那段難熬的躲藏，倒是給了她一陣子冷靜思考的機會。雖然現在的情況依舊很糟，但她至少知道該去找誰了。

去找學長！

——雖然不算是認識，但學長既然也是「那個世界」的人的話，搞不好會知道什麼解決的辦法也說不定！至少……至少跟他說情況，他會懂！

黎筱愛沒想出來的人，倒是讓韓沁喜想出來了。

少女現在目標明確，就是要往學校跑去。

「怎麼跑到這裡來了！」

「呀啊，巨人！」

「快拍！」

雖然這個科技園區並不是韓沁喜平常的活動範圍，她並不熟悉，但她知道一件事——這個園區跟他們學校、以及嚴琅鋒的學校，在同一條捷運線上。雖然有點遠，但只要沿著捷運軌道跑就可以了！

雖然是個好方法，但其實這麼做有個非常大的問題。

而這個問題，韓沁喜也發現了，那就是身後追著他的人又變多了——比剛剛還多！

「啊啊～～畢竟大馬路上人是很多的～～」她不停地奔跑，覺得欲哭無淚。

——如果能像剛剛一樣忽然變透明就好了……

妳想要變透明嗎？

忽然，腦中有個聲音這樣說。

「咦？」

她愣了一下，一個沒注意，一腳踹上了一臺機車，接著整排的機車都像骨牌似的砰砰砰砰往一側倒下。

「咿！」

她嚇了一跳，原本還想彎下身子把車扶起來，但才剛稍微慢下腳步，後面的人就立刻追上來了，因為是在街上，所以前方甚至還有車子停下來要圍堵她。

情況瞬間又變得很危急，少女慌張地前後張望，覺得自己就像是甕裡的鱉，就快被人抓到了。

妳想要變透明嗎？想逃走嗎？

腦中那個聲音又響起來了。

「要！拜託幫幫我！」

她毫不猶豫地回答，全身都在顫抖。

把妳想做的事情都告訴我吧，這樣我才能幫妳。

「我想離開這裡！我要去找學長，問問他我該怎麼辦！」

我知道了。

就在那個聲音應允她的同時，身旁又傳來了熟悉的驚呼聲。

「又不見了！」

「靠，剛剛還在啊！」

「誰錄了！快！」

一群準備要捕捉巨人的人一下子落了空，又吵吵嚷嚷地鬧了起來。

不用想都知道這是怎麼回事，她又成功地透明化了。雖然搞不清楚狀況，但總之只要能離開這裡就好，韓沁喜大大鬆了一口氣。

「等一下，她剛剛也是這樣忽然不見了，可是後來又出現了，而且就在附近！她可能不是消失了，是不見了！人可能還在原地！」

這時，忽然有個之前就追著她追到這裡來的人大喊著。

——不要把觀察力用在這種地方好嗎，偵探！有本事去幫警方破案啊在這裡為難我幹什麼啊！

少女腹誹著。但不是抱怨的時候了，人群又騷動了起來，而且還有好些人朝著她現在站的方向走了過來，還東摸西摸的。

——可惡！

韓沁喜一邊詛咒著那個腦筋動得太快的人以後買泡麵都會買到沒有調味料包的缺陷品，一邊迅速尋找了一個人比較少的缺口，衝了兩步，猛地跳了起來。

「有聲音！」

「這邊嗎！」

這麼大的動作還是產生了不小的動靜，一些比較敏銳的人立刻察覺了她離開的方向，並全都往那個方向跑了過去。雖然判斷出了方向，但在目標是隱形的情況下，人們還是很難繼續追蹤的，於是韓沁喜有驚無險地逃離了人群，繞了一下小巷子之後，小心地繼續沿著捷運軌道的方向試圖跑回學校。

「呀！機車為什麼忽然倒了！」

「靠好痛！我撞到什麼！」

不過，雖然心裡打著這個主意，可是回學校的路途並不平順。三、四公尺高的巨人身軀走在路上障礙實在太多了，就算現在是透明的，沒有人追上來，但她已經好幾次差點撞上騎樓的招牌，也撞倒了不少路邊的機車，偶爾還會踹到停在路旁的汽車，一時間整條路上有好幾輛車的警報器都在響。

路人們慌張地四處張望著，韓沁喜也很慌張，這麼下去的話一定又會被發現，但越是慌張就越容易闖禍，一回頭，她終於「砰」的一聲撞上前方飲料店的招牌，痛得眼冒金星，忍不住蹲了下來。

「嗚哇！」

結果蹲下來的時候，她又撞翻了兩個人。

——變成這麼大真是煩死了啦！

韓沁喜含著眼淚憤恨地想著。

妳想變小嗎？

忽然，腦中那個聲音又出現了。

「想！」

有了前一次的經驗，她沒有多想就立刻回答。但回答完後又忽然覺得不太對勁——他是問我「想不想變小」，並不是問我「想不想恢復正常」。一般來說，只要這樣問，不管在任何作品裡，那都是陷阱。於是她忙著又補了句：「恢復到正常的——」

但還沒說完，她就發現旁邊的景物變得非常大，連地上的地磚縫看起來都變寬了。

「我就知道～～」

她絕望地抱頭慘叫，這時她還維持著隱形的模樣，身旁的路人聽見了這聲音，紛紛開始回頭找人，理所當然什麼都沒看到。

「今天怪事真多啊……」有人這麼嘟囔著。

——我也覺得怪事好多啊！

韓沁喜嘆了口氣。她現在就跟黎筱愛在鏡之國時一樣，是兩個饅頭那麼高，跑起來的速度又更慢了。

「真麻煩……唔……」

她努力邁開短短的腿跑著，才剛剛想起變小其實還是比變大的時候好，畢竟這樣就可以……就可以怎麼樣？就可以……

韓沁喜發現自己的意識有些無法集中，每當要思考時，就會覺得有些遲鈍。

——就可以……捷運……對，搭捷運……就不用跑……

才剛想起來，她就發現自己因為想得太入神了，沒注意前方有人走過來，砰的一下被踹到路邊去了。

「好痛——！」

「咦？」

她的慘叫引來路人好奇的目光，但那些人理所當然什麼也沒找到。

「不會吧，農曆七月還沒到啊……」有些人搓了搓起雞皮疙瘩的手臂。

韓沁喜委屈地爬起來，吸了吸鼻子。

好痛啊……

好痛啊……

她感覺思考越來越困難了。只覺得好痛，好委屈。

——為什麼會這樣？

直覺告訴她這個情況並不正常。少女在路旁不會有人踩到的地方休息一下，並強迫自己思考。

——什麼都好……

什麼都……我要做什麼？不行，不能忘記，快想……

——對，我要想些什麼……

忽然，嚴琅鋒颯爽的身影從她腦中鮮明地跳了出來。緊接著是黑帽子。

——學長……黑帽子先生……

這就是妳最執著的東西啊……

腦中的聲音又響了起來。韓沁喜如果還能維持平常精明的腦袋的話，她就能判斷出這個聲音絕對有問題，不能繼續回應；但她現在已經無法正常思考了。而且——

那個聲音，就是她自己的聲音。

無法違逆，無法反抗。

那我們去「獲得」這些東西吧！

少女感覺自己又站了起來。景物轉換著，她好像變大了，然後又好像……

又好像什麼呢？

她再也感覺不到了。

◆◎◆◎◆◎◆

「……我說，一定要這樣嗎？」

斯培德覺得萬分彆扭。為什麼明明是黑帽子惹出來的禍事，卻得要他去幫忙擦屁股呢？再怎麼說他今天都不在鏡之國啊！這一切根本跟他沒有關係啊！

仔細想想，要是他不出門，好像也不會發生這樣的事——但黑桃國王是不會承認的。

他只是想過正常的高中生生活！他一點錯都沒有！

「這是黎筱愛小姐指定的呀，拇指姑娘你還是忍耐一下吧，嘻嘻。」

相對於對現狀非常不滿的斯培德，被抓來支援的黑帽子反倒看起來非常愉快。

離他們剛才所在的地方不遠處，有一座人工湖。湖邊有柵欄，湖中央則有三個連接在一起的小亭子，這是斯培德的學校很有名的一個景點——北斗湖。許多情侶喜歡來這湖上看魚吹風，平常也會有人在這裡拿土司餵魚。託路人的福，湖裡每條錦鯉都非常的肥美。總之，如果放在平常，這裡是一個挺熱鬧的地方。

而斯培德和黑帽子，現在就坐在其中一個亭子裡。當然，不僅僅是坐著而已，他們緊緊靠在一起，兩隻手緊握著，比黑帽子矮了十幾公分的斯培德還靠在自家王牌肩上……這姿態怎麼看都不像是兩個一般朋友在看風景。

還好現在布了結界，範圍內的所有人也都暫時被方塊那混蛋所向無敵的迷香放倒，不然要是被誰看見了，我一定馬上從這裡跳下去……斯培德崩潰地想著。

這就是黎筱愛的提議——讓黑帽子和黑桃國王狀似親暱地單獨待在某處，引誘韓沁喜出現。

這提議一說出來，立刻遭到了斯培德的大力反對，但葛里風一聽倒是很高興，這表示他可以去抓黑帽子過來跟自己換班。戴蒙雖然有些不明就裡，但看黎筱愛堅定的模樣，不知是出於對少女們之間的友情的信任，或者根本只是想要惡整一下一向不對盤的黑桃國王，他默認了這個計策，還用更高效的麻痺毒針放倒了斯培德。

「你……」冷不防被扎了一針而倒在地上動彈不得的斯培德，惡狠狠地瞪著戴蒙咬牙說道，「王……八蛋……」

「這不是該從你口中說出來的句子，斯培德陛下。」戴蒙聳聳肩，坐在旁邊的公園椅上，慢條斯理地調整著「無執無擾」，邊道：「葛里風閣下走了，憑我一個人可拉不住你，這個麻痺藥的效力是半小時，你就乖乖的躺一下吧。這都是為了解決事件啊。」

「抱歉，斯培德陛下，您就忍一下吧。狀況一解除會立刻幫您解毒的。」相對於看起來毫無罪惡感的戴蒙，站在一旁的卡特是覺得比較不安的。她語帶抱歉地安慰著黑桃國王。

斯培德哼了哼，不說話了。

二十分鐘後，回鏡之國去帶人的葛里風回來了，他背後果然跟著黑帽子。奇怪的是，兩人身上都有些傷痕，黑帽子的大衣上有不少破洞，葛里風的手臂上、身上也多出了幾道傷口，頭髮還亂了。

黎筱愛看著有些狼狽的兩人，「……你們該不會……」

「啊啊。」葛里風點點頭算是承認了，他苦惱地抱怨著：「沒辦法呀！我人才剛到黑桃博物館，這傢伙不由分說就朝我衝過來了！妳以為我想跟他打嗎！」

「嘿嘿，一天裡能跟現任紅心王牌打上兩次，那可是難得的機會啊，當然什麼都不用問，先打再說囉。」黑帽子嘻嘻笑著。

「誰贏了？」黎筱愛有些好奇。

「嗯～」黑帽子轉頭看著葛里風。

後者聳聳肩，掀起披在肩上的外套下襬，露出腰上的兩把劍，「這個嘛，我手上有兩把王器……」

看來勝負是不用問了。

「人帶到了，我回去了啊。」總算完成了最後一個任務，葛里風大大舒了口氣，「有什麼問題……也別再叫我了，你們自個解決吧。拜。」

紅心王牌揮揮手，頭也不回地走了，而且走得飛快。

「……好了，諾伊爾閣下。」戴蒙看著黑帽子，「葛里風閣下有跟你說明情況嗎？」

「有～但我沒有聽，忙著揍他呢。」黑帽子歪歪頭，才注意到躺在地上的斯培德，「哎呀，我們家的陛下怎麼躺在地上？很髒的～」說著還用腳尖踢了踢。

「喂……幹什麼！我可是你的上司……」斯培德不爽地低吼。他想起身，卻完全使不出力氣，只能在地上微微地掙扎兩下。

「方塊家的，是你幹的嗎？你要對我們家的拇指姑娘怎麼樣啊？」

黑帽子轉頭看著戴蒙，黎筱愛看見他的表情，不由得打了個冷顫。所謂表情在笑但是眼睛沒有在笑就是這樣吧？黑帽子的眼睛非但沒有在笑，甚至還含著冷冰冰的殺意。

「我制不住他才放倒的。這樣你等一下也比較方便，不然不能保證他不會掙扎。」戴蒙毫無懼意地迎上黑帽子的目光，「我再把情況說明一次吧……」

經過戴蒙以及黎筱愛的說明後，他們成功達成協議，黑帽子對這個任務欣然應允。這下斯培德再怎麼不滿也無法改變這個結果，現在連反抗都成問題的他只能乖乖地被黑帽子架到涼亭，並依照黎筱愛的指示，擺成這副恥辱的模樣。

「好想死。」他喃喃低語。

「不行呀，陛下你怎麼可以死呢？放我一個人可不行啊～」

「你再說這種話，等我們回了博物館，我就用『無怨無嗔』把你釘在牆上一晚上……」斯培德咬牙切齒地說。

「釘在床上一晚上？陛下你好熱情啊。」

「……」斯培德牙都要咬碎了。翻了個白眼，用在學校學到的各式各樣的髒話，在心裡把黑帽子的祖宗十八代問候了個遍。要是現在有力氣，他一定一拳朝黑帽子的下巴招呼過去！要知道黑桃繼承人的訓練裡也是有近身格鬥這一項的！而且他學得可好了！

想到這，斯培德就忍不住握緊了拳頭。麻痺藥的效力已經慢慢地退去，他的手腳已經有知覺，也可以做些局部的活動了。但動是能動了，力氣還是使不上，離恢復到能推開黑帽子還早得很。

不過，麻痺藥的效果退去，就表示……

「……我們等了有十分鐘了吧？還沒反應呢！小愛那傢伙的計謀真的可信嗎？」他一邊喃喃抱怨著，一邊眼觀四面耳聽八方，並沒有感覺到什麼奇怪的氣息。

「嗯~不知道，我也沒看到呢……」黑帽子也向四周掃了一眼，同樣什麼都沒發現。

當誘餌的人已經有些按捺不住了，岸邊等待的人也有些不沉穩了。

「還沒出現……目前經過十二分鐘。」

卡特描了下手機上的碼表後，視線又立刻回到湖面上。她手上扛著一把很大的狙擊槍，槍口直徑逼近二十厘米，光看就覺得非常的霸氣。狙擊槍的外表跟戴蒙的燧發槍一樣是白色與金色為主的設計，但跟燧發槍不同，這把槍設計上比較偏向現代，白金為主的色調粗獷中又帶著一絲優雅。一般來說，這麼大的一把槍，都是需要槍架的，但卡特就那樣單手扛著，彷彿感覺不到重量似的。

「唔～～不可能啊，一定會出來的。」黎筱愛蹲在灌木叢裡等著。還好那個迷香也把昆蟲什麼的迷倒了，不然蹲在這種地方，不被蚊子咬死才怪。想到這裡，她不禁覺得腿上好像癢了起來。

「十二分鐘……是還好，但若十五分鐘都還沒出現，就有點麻煩了。」戴蒙喃喃道。

「難道是……誘因不夠嗎……」小愛苦惱地皺著眉頭，「嗯……要不要再下得猛一點呢……可是我怕學長之後會找我算帳……」

「沒關係，命令不是妳下的，是我。」戴蒙輕描淡寫地就把黑臉接過來扮了，「不過，要下什麼猛藥，最好是一次到位，不然這事不知道要拖到什麼時候。」

「好、好吧！」聽到有人給自己撐腰，黎筱愛也有了底氣，「那就叫黑帽子……」她低聲跟戴蒙說了幾句。

「……要做到這種地步？」方塊國王聽完後，少見地挑了挑眉毛，露出可以算得上是驚訝的表情。

「不然沒辦法呀，我本來以為把他們放在一起，阿喜就會尖叫著衝過來的。」黎筱愛深深覺得自己失算了。這個阿喜跟她熟悉的那個朋友果然還是有一點不一樣。

「我知道了。」戴蒙點點頭，然後抓起吊在領子旁的迷你耳麥，道：「喂喂，我是戴蒙。諾伊爾閣下，聽得見嗎？好的。計畫要修改。不麻煩，很簡單。你現在就……」

「把斯培德推倒，然後把他的上衣給脫了。」

「啥！？」

黎筱愛的這個命令同時也傳進了受害者斯培德的耳裡，「等等等一下！戴蒙！你發什麼神經啊！」他對著領子上的耳麥尖叫，「這也是小愛出的主意嗎！」

「不，是我出的主意，不然人釣不出來。」方塊國王冷靜地說著謊，「快點，諾伊爾。」

「遵命～」

黑帽子倒是非常開心，他抓住斯培德的肩膀，一個翻身，就把自家國王壓在了亭子的石椅上。

「靠，靠靠靠你給我放手！」斯培德臉色發青，好在他這時已經恢復了大約一半的力氣，能夠稍微做點掙扎，「這太誇張了！太誇張了！我要抗議！我的人權呢！」

「脫個衣服而已，就乖一點嘛，我的國王陛下。」

黑帽子伸手就去要去撩斯培德的T恤下襬，後者則用盡了吃奶的力氣壓住。

「住手！我說住手！我命令你住手！你的國王是我、不是戴蒙那個傢伙！你到底效忠誰啊！」

「你啊。」

「那我的命令為什麼不聽！」

「你知道，命令這種東西我一向是選擇性在聽的嘛。」

「你這也算效忠嗎！」

「算啊。」

黑帽子壓低身子靠近他，邪氣地笑了起來。

「陛下，要是別人的話，我一句也不會聽啊。」

你騙人！你現在不就很聽戴蒙的話嗎！斯培德欲哭無淚地想。

情況很糟，大概跟鑽進怨念堆裡才發現「無怨」鈴不小心帶成了普通鈴鐺一樣糟，他的麻痺還沒全退，而黑帽子似乎是來真的，他的手就快要壓不住了。

「你……你要是真敢脫我衣服我跟你沒完啊——！」

「砰！」

「嘰嘎！」

伴隨著斯培德的慘叫，一聲巨響與不似人類的哀號聲在湖面上炸了開來。草叢裡，卡特端著巨大的狙擊槍還維持著瞄準的姿勢，槍口正冒出裊裊白煙。

「那是嗎！」黎筱愛不知是興奮還是緊張地大叫，「我——」

「小愛小姐，妳在這裡待著。」

方塊國王眼明手快地一把抓住正要跳起來的少女，並順手在她脖子上來了一針。

「嗚！」

黎筱愛根本沒看清楚戴蒙是什麼時候抄出那根針的，她甚至沒有看見扎自己的針長什麼模樣，只覺得脖子上微微一痛，整個人就茫了。藥效發作得很快，她軟倒在國王懷裡，手腳都使不上力氣，倦意迅速襲來。

「戴、戴蒙陛下，為什麼……」眼皮忽然變得很沉。雖然努力地想清醒，但她的視線卻慢慢地變得朦朧。

「被執念附身的，都不會是什麼好模樣。」戴蒙低聲道，「這不是妳該看的。等妳醒來，一切就結束了。」

黎筱愛畢竟只是一個普通的少女，她當然擋不住方塊研發出來的催眠藥的效果，最終還是乖乖地睡了過去。而在她失去意識之前，看見的是將她抱在懷裡的戴蒙的臉。

這個男人，一如往常沒有表情，擋在鏡片後的目光沒什麼溫度，聲音也一點都不溫暖。

可是，她好像可以理解。

拉比有說過……戴蒙陛下，曾經是個很溫柔的人。

他真的是個很溫柔的人。

「來了嗎！」

亭子裡，斯培德趁著黑帽子轉頭望向橋面時趁機從他的魔爪下掙脫，並迅速地拉好衣服。他右手往旁邊揮出，一聲清脆的鈴響，「無怨無嗔」鐮已經握在了手中。

動作十分帥氣，可以給十分的滿分，但是……

「陛下，你能打嗎？」黑帽子把頭轉回來，懶懶地靠在涼亭邊上看著他。

「唔……」

其實不太行，斯培德不甘怨地想。藥才退了一半，他連站直都要花費不少力氣，更遑論是揮動鐮刀去戰鬥。

「那你還是把武器收起來吧。」黑帽子聳聳肩，「我的『一斬一滅』剛剛被沒收了，你又這副樣子，這次只好看方塊一家表演囉！」

「……你沒將我這把『無怨無嗔』鐮搶過去戰鬥，真不像你啊。」斯培德轉頭看著他道。他太瞭解自己的王牌了，一個戰鬥狂，有架打什麼都好，「沒有武器」絕對不是不打架的理由。這傢伙今天轉性了？

「嘛……」黑帽子瞇了瞇眼睛，望著因為剛剛突如其來的狙擊而摔落在橋上，正掙扎著想站起來的那個影子。

「今天他們那群小朋友讓我挺開心的。我不想打她。」斯培德瞪大了眼睛看著自己的王牌。他竟在那張表情一向很危險的臉上，看見了一個純粹的微笑……

被打落在橋上的，的確是被變異的執念操縱的韓沁喜。少女基本還保持著人形，但背後生出了怪異的翅膀，手腳也長出了尖銳的利爪，胸口嵌著一顆血紅色的小珠子，隱隱發著暗光。她匍匐在地面上，努力撐起身體，翅膀受了傷，涔涔滴著血。

「學長跟……學長的朋友……」她從喉中發出低沉如野獸般的嘶吼，抬起頭看著前方亭子裡的斯培德，「學長……黑帽子……拍照……拍……拍照！」

她像動物一般用四肢將自己撐起來，暴吼一聲，接著猛地朝涼亭衝了過去，在跑動的時候，身影竟然又漸漸地變淡。

「又要隱形了！」斯培德大叫。

「不會讓妳得逞的！」

卡特不知何時已經端著那把巨大的狙擊槍——「一思一轉」蹲在涼亭的屋頂上。她扣下扳機，砰的一聲巨響，韓沁喜立刻被打飛到橋的另一端去，而狙擊槍產生的巨大後座力竟然被卡特硬生生撐住了，她只是微微晃了一下，但腳下踏著的瓦片卻碎了好幾塊。

「我很少看卡特用那玩意。」斯培德走出來站在橋上，抬頭看著再次裝彈的卡特。

「但我每次看到時都覺得，卡特跟你比腕力的話，你可能會輸。」

他說這句話時，視線又從涼亭頂上的方塊王牌掃回了自家的王牌身上。黑帽子像沒骨頭似的躺在涼亭石椅上，扯了扯嘴角，呵呵呵地笑了。

「誰知道呢。」

被轟到橋對面的韓沁喜又站了起來。「一思一轉」的子彈除了會造成傷害外，最重要的是會短時間內讓被擊中的對手所有特殊效果皆無效，她暫時無法讓自己隱形了。被變異的執念憑依的少女發出憤怒的吼叫，但面對將近二十厘米的狙擊槍，卻不敢再往前進。

「陛下。」卡特一邊瞄準韓沁喜，一邊對著領子上的耳麥道：「變異的執念具像化在胸口，大約三級。」

「知道了。再一分鐘。」

戴蒙的聲音從耳機中傳來。

「好的。那我在最後十秒時會下禁錮彈。」

「嗯。」

韓沁喜望著涼亭頂上的卡特，不敢前進，卻又依依不捨地盯著涼亭中的兩個人。她幾次想前進，但子彈威嚇地打在橋面上，少女吼叫著，不安地來回走動，不斷低吼，並煩躁地揮動爪子——利爪揮過橋邊，水泥製的欄杆立刻被打碎，不難想像她半小時前是怎麼攻擊斯培德與戴蒙一行人的。

黑帽子看著她，又看看已經收了武器、開始看戲的斯培德，忽然起了點壞心眼。他從椅子上爬了起來，貓步走到黑桃國王背後，接著忽然捏住他的下巴，在少年耳垂上——舔了一下。

「幹什麼啊你！」

斯培德反應非常快，黑帽子都還沒把頭縮回去，就見黑桃國王忽地一個回手，拎住自家王牌的腰帶，直接就賞了將近一百九十公分的黑帽子一記狠狠的過肩摔。黑帽子沒想到竟會有招，一個天旋地轉之後自己就重重地被摔在地上了，這實在是太出乎意料，饒是他再怎麼耐打，也被摔得有點眼冒金星。

「陛……陛下，你能打了？」

「剛剛就恢復了！」斯培德沒好氣地踹了他一腳，「竟然敢偷襲我！」

「真是失策啊……」黑帽子苦笑了下，「……不過目的達到了。」

「嘎啊啊啊——！」

是的，雖然黑帽子不算完全得逞，自己還被狼狽地摔痛了，但他那一下簡直就像是給韓沁喜打了興奮劑似的。

被憑依的少女大吼一聲，連槍管都不顧了，朝著兩人飛奔過去。她跑到一半，忽然像鑽進一個看不見的洞穴似的忽然憑空隱沒了身形，一眨眼的工夫，竟然只剩一個翅膀尖。

卡特嘖了一聲，在那瞬間砰的又開了槍，及時把她從空間轉移之中打了出來，接著極快地裝填子彈，又開了一槍。挨了第一槍的變異少女爬了起來，但在她直起身子時，第二槍就轟到了她身上。

「！」

瞬間，她發現自己竟然一動也不能動了。卡特第二槍打出的是散彈，金色的子彈並不是圓形，而是碎玻璃般的尖銳形狀，她就這樣維持著站立的姿勢，動彈不得。

「嗚吼……！」

變異的少女害怕地發出了嗚咽聲。

「陛下。」卡特對著耳麥呼喚。

「來了。」

剛才就移動到橋的另一側的戴蒙半跪在地上，端著「無執無擾」，槍口正對著韓沁喜胸口的血色珠子。白色的槍面流過金色的符文，匯聚在燧石上，燧石發著淺金色的光，三道咒文組成的光輪緩慢圍繞在槍身周圍旋轉著。

「能量蓄積完畢，開始倒數。五、四、三、二……」

他對著耳麥讀秒。

燧石吸收了那三道咒文光輪，散發的光芒越發熾亮。

「一。」

燧石往下敲擊，迸射出比之前幾次都還要絢麗的火光，金色的子彈急速飛射而出，在極短時間內，「無執無擾」打出了三發粉碎執念的子彈，幾乎像是計算好一般，全都打在

少女胸口的那顆石頭上。三發連擊，石頭先是發出清脆的迸裂聲，最後整個粉碎——就在同時，少女也往後栽倒，已經跳下來的卡特一個箭步上前，堪堪接住了她。

倒在方塊王牌懷中的韓沁喜已經恢復了原本的模樣，身上也沒有外傷，呼吸均勻，看起來像是睡著了。她手中死死攢著手機，就算睡著了也沒有放開。

卡特呼出一口長氣，戴蒙收起燧發槍，走向亭子。

「解決了吧？沒事了吧？」斯培德問。

「解決了。」戴蒙點點頭，「變異的執念核心已經擊碎，影響也消失了。接下來只要修改記憶，就能結案了。接下來就交給妳了，卡特。」

「好的。」

卡特低頭對著耳麥低聲說了什麼，過了不久，一群穿著套裝窄裙的人偶女性走了過來，接過卡特手上昏睡的韓沁喜，將她抱離了北斗湖，卡特向兩位國王及一位王牌簡單行過禮，然後帶著人偶一起離開了。

「好了，事情終於解決了，我要回家了。累死了。」

斯培德伸了個懶腰，踢了下被摔在地上之後就不打算起來的黑帽子，「欸，還躺著幹什麼？回家了。」

「陛下剛剛那一摔把我摔殘了，你不抱我的話，我起不來。」

「那你就在這躺著好了，晚上蚊子多，你做點功德讓牠們吃個飽飯。」黑桃國王冷笑著說。

「什麼，真過分啊……」

「——斯培德陛下。」戴蒙忽然開口。

「幹什麼？」斯培德警戒地瞪著他。

「這次的事情，起因雖然是方塊王國，但鬧得這麼大，貴國的王牌也脫不了干係。回去之後，我會統計這次意外的各種費用，到時會計算好需要分攤的比例，把請款單送到博物館去。」

「咦！等一下！不公平！」斯培德慘叫，「我才不要幫他買單呢！不……不然我把黑帽子丟你們那去打工好了！他闖的禍他自己賠！」

聽見這句話，戴蒙對他笑了笑。

「敝國小本生意，不接受賒帳或抵押。」

說完後，方塊國王頭也不回地踏著馬靴，扣扣扣地離開了。

斯培德看著那個白色的背影，忍不住大吼：「混蛋！我就知道，這傢伙每次對我笑的時候絕對都沒好事——！」

尾聲　每個人都贏了，而且都有獎品。

EVERYBODY has won, and all must have prizes.

「小愛～妳看，這張學長是不是很帥！」

韓沁喜又拉著高八度音的尖叫，拎著手機朝黎筱愛奔了過來。如果喜悅的心情可以具像化成一朵一朵花的話，隨對方飛奔而來的花朵一定都噴到自己臉上了。

「什麼……又是什麼照片……」

相對於好友的興奮，她表現得很冷淡。

沒辦法，如果這個場景每天都要上演三次，任誰都會表現得很冷淡的。

「這張這張！」

韓沁喜湊到好友身邊，把手機拿到她面前。畫面上是穿著跆拳道服、正抬腿踢人的嚴琅鋒，這張照片不知道是不是用專業相機拍的，清晰度、張力和構圖都處理得很好。

「……貴群真是人才濟濟啊……」黎筱愛忍不住恭維著說。一個女孩子為了崇拜的人做到這種地步也真的是非常厲害。

「那可是！喜歡學長的人都是非常厲害的！」

韓沁喜得意地用鼻子哼氣。黎筱愛給她的回應是呵呵乾笑兩聲。

「閑閑你借我看一下嘛！」

「不要啦，妳不是也自己寫了嗎？幹嘛要看我的！」

「我想看看別人的校外教學心得嘛，小愛他們都借我看了！」

「不要啦，妳很煩耶！」

離他們不遠的座位上，溫宇薇跟穆閑又因為雞毛蒜皮的小事鬥起嘴來了。符松苦笑著勸解，但是少年和少女卻依舊吵個不停。

黎筱愛看著這個情景。一切都回到了原點。這是她的生活，相同的事每天都會上演，但在經歷過週末那段有驚無險的歷險之後，這無比真實的生活竟讓她有種幻夢般的感覺。

——這一切到底是夢，還是真實？

——又或者，我記得的那些，才是夢呢？

她因為戴蒙那一針而睡著，再醒來時，果然又是在自己的床上。有了上一次的經驗後，她已經不覺得奇怪了。不知道是不是因為失敗過一次，這次方塊國王只有把她送回來，並沒有消除她的記憶。

黎筱愛醒來之後第一件事就是掏出手機打給韓沁喜，後者睡得正香，被電話吵醒時，還用含糊不清的語氣埋怨著道：「幹嘛啊小愛！吼，我剛剛夢到學長耶！妳竟然在這種時候打給我！我不管我要去睡覺了！有什麼事妳等我醒來再說！」說完，她就毫不留情地把電話掛了，小愛除了第一聲「喂，阿喜嗎？我是小愛」以外，什麼都沒來得及問出口。

但她一點也沒有因為被掛電話而生氣。看著「通話已結束」的手機螢幕，黎筱愛長長地舒了一口氣，整個人放心下來，砰的往旁邊倒在床上。

太好了。阿喜聽起來非常有精神，還能跟她抱怨夢到學長被打斷，看起來應該沒有事。太好了。

她用力揉揉眼睛，抹掉眼角的淚水，看看時間，竟然是凌晨四點。

黎筱愛嚇了一大跳。這時間差……中間到底發生了什麼事？她記得自己躲在草叢裡的時候差不多是前一天的下午五點多，這中間的十一個小時哪去了？

不過她並沒有想很久，就乾脆地放棄了。算了……反正戴蒙陛下應該會處理好吧，就跟上次一樣。

她躺在床上百無聊賴地滑著手機，不管是Facebook還是LINE或是新聞，任何地方都沒有巨人出沒的消息。雖然感覺是理所當然的，但她還是隱隱覺得有些背脊發涼。

方塊的「生之執念管理協會」真是太可怕了。不管什麼樣的麻煩都能搞定，什麼樣的記憶都能假造，還能任意的刪除改動……

想到這裡，她不禁抖了一下。

一想到還有這樣的人存在，就覺得這世界好像沒有什麼可以相信了。

不過，即使如此，下次也該好好向戴蒙陛下道謝才對……如果有遇到的話。

黎筱愛這麼暗暗地下了決心。

「還有兩個半小時要起床上學……怎麼辦，要繼續睡嗎……」

刷完了手機，她抱著棉被在床上滾來滾去，但滾到一半，她就從棉被裡彈了起來。

「竟然睡到現在！明天要交的作業都還沒有寫啦！」

「小愛？妳怎麼啦？怎麼有點恍神？」韓沁喜看著好友放空的表情，忍不住伸手在她面前揮了揮，「哈囉？有人在家嗎？」

「啊，沒有啦，只是在想校外教學的心得感想作業……」黎筱愛隨便找了個理由搪塞過去。她一直到出門前半小時才把作業寫完，然後急急忙忙地去廚房做早餐，接著趕緊出門上課。

「喔～那個啊，不需要想吧？就是那樣啊，隨便寫寫就好啦。」韓沁喜說話時完全沒看她，視線喜孜孜的一直定在手機上。

「嗯，沒錯，隨便寫就好了。」

黎筱愛覺得有些無力，心想：反正都是被隨便塞進去的記憶，不管發生什麼多有趣多驚險的事，你們都不記得，都只有我記得而已。

「小愛，收作業囉。」

符松不知何時走到她們旁邊。身為班上幹部的他，手中抱著一大疊作業本，正準備收齊了拿去讓老師批改。

「啊，這邊這邊。」

「我的在這裡！」

黎筱愛和韓沁喜分別交出了作業本。

「謝謝～」

溫和的少年邊道謝邊將作業本翻到正確的頁數夾起來。

「那個……阿松。」雖然知道他應該不記得了，但黎筱愛還是忍不住想要問：「你有沒有想過……你如果變成女孩子的話，會是什麼樣子？」

「啊？」符松愣了下，然後皺起眉頭，「小愛妳為什麼會問這個？」

「呃，沒有啦，就忽然想到……哈哈哈，別在意。」黎筱愛呵呵乾笑了一下，擺著手想混過去。

「欸……說到這個，我好像有夢到耶，阿松變成女孩子！」韓沁喜湊了過來，喜孜孜地說：「超讚的，巨乳姐姐！我的菜！」

「不是吧，其實我昨天才做了這個夢！」符松翻了翻白眼，「超可怕的好不好，我還記得我在夢裡連廁所都不敢去！」

「什麼！阿松變成女孩子的夢！我也有夢到！」

溫宇薇蹦蹦跳跳地也跑了過來，「而且在那個夢裡我變成一隻鳥喔！可以到處飛，超開心的！」

「等等……大家不會都做了同樣的夢吧？」穆閑插話道，「我也有夢到……我是長出了黑貓耳朵……」

黎筱愛愣住了。難道這次方塊國王並沒有消除記憶，而是把這一段經歷放進了夢境中？但當她仔細聽朋友們討論的夢境，卻發現大家的夢境都只是片段，並不是完整的經歷，遇到的人事物也稍有修改。

「啊，而且，我昨天啊，還夢到學長❤」

說著，韓沁喜捧著臉頰，露出了羞澀的表情，「不只有學長，還有他的朋友！至於夢的內容……太害羞了我就不說了❤」

那語尾的愛心簡直就具像化了……圍在韓沁喜身邊的四人腦中都想著同一個念頭。

「說嘛，很害羞到底是什麼內容？」溫宇薇好奇地追問。

「就是學長他朋友把學長……呀我還是不說了❤」

「到底是怎麼樣嘛～～阿喜！」

相比起求知欲旺盛的溫宇薇，另外兩名少年下意識覺得不要知道會比較好。

「啊，阿松你要去導師辦公室對吧，我幫你拿一些吧。」穆閑對符松道。

「喔，好啊，一起走吧。」後者立刻分了一半給他。

兩人就這樣一人抱著一半的作業簿，並肩聊著天出了教室，這邊溫宇薇還在跟扭扭捏捏想講又不願意講的阿喜纏鬥。黎筱愛拿起阿喜放在一邊的手機，打開她的相簿，意外發現一個沒有標題的資料夾，點進去時看見的是……

各種角度的黑帽子、女性模樣的符松、符松和穆閑滾在一起的照片、斯培德靠在黑帽子身上的照片，以及黑帽子把斯培德壓倒在涼亭長椅上的照片。

黎筱愛愣了一下，憋著笑，把手機畫面切回主畫面待機。

——真想知道阿喜什麼時候會發現那些照片啊……

她望向窗外，紅心王儲正好從外頭走過。

「拉……小卯～白晨卯！」

黎筱愛追了出去。

——今天就問問拉比吧，不知道戴蒙陛下喜歡吃些什麼呢？

——不好好道謝的話不行呢！

她想。

《紅心冒險02》完

陳詞懶調×PieroRabu
回到過去
BACK TO THE PAST
TO BECOME A CAT NO.1
變成貓
明如此愛本喵，
還不快帶本喵一起回家！
喵～
一隻貓是怎樣生活的呢？ 餓了吃飯，睏了睡覺，在外撒歡，在家搗蛋！喵嗚～
沒養過貓的您，先來嚐鮮看看喵星人的日常～
有養過貓的您，更不能錯過這部人變貓的喵星人歷險記!!!
刷附贈精美明信片，以及萌翻天小動物擬人圖！
典藏閣
華文聯合出版平台
www.book4u.com.tw
采舍國際
www.silkbook.com
不思議工作室
版權所有© Copyright 2015

羊角系列 010

紅心冒險 02

出版者■典藏閣
作　者■重花　繪　者■重花
總編輯■歐綾纖
製作團隊■不思議工作室
郵撥帳號■50017206 采舍國際有限公司（郵撥購買，請另付一成郵資）
台灣出版中心■新北市中和區中山路 2 段 366 巷 10 號 10 樓
電　話■(02) 2248-7896　傳　真■(02) 2248-7758
物流中心■新北市中和區中山路 2 段 366 巷 10 號 3 樓
電　話■(02) 8245-8786　傳　真■(02) 8245-8718
ISBN■978-986-271-628-1
出版日期■2015 年 12 月

全球華文國際市場總代理／采舍國際
地　址■新北市中和區中山路 2 段 366 巷 10 號 3 樓
電　話■(02) 8245-8786　傳　真■(02) 8245-8718

新絲路網路書店
地　址■新北市中和區中山路 2 段 366 巷 10 號 10 樓
網　址■www.silkbook.com
電　話■(02) 8245-9896
傳　真■(02) 8245-8819

☞您在什麼地方購買本書？☜

1. 便利商店（ ________市／縣）：☐7-11　☐全家　☐萊爾富　☐其他____________

2. 網路書店：☐新絲路　☐博客來　☐金石堂　☐其他__________

3. 書店（ ________市／縣）：☐金石堂　☐蛙蛙書店　☐安利美特animate　☐其他____

姓名：________地址：______________________________

聯絡電話：____________　電子郵箱：______________________

您的性別：☐男　☐女　　您的生日：西元________年________月________日

（請務必填妥基本資料，以利贈品寄送）

您的職業：☐上班族　☐學生　☐服務業　☐軍警公教　☐資訊業　☐娛樂相關產業

☐自由業　☐其他__________

您的學歷：☐高中（含高中以下）　☐專科、大學　☐研究所以上

☞購買前☜

您從何處得知本書：☐逛書店　☐網路廣告（網站：__________）　☐親友介紹

（可複選）　☐出版書訊　☐銷售人員推薦　☐其他______________

本書吸引您的原因：☐書名很好　☐封面精美　☐書腰文字　☐封底文字　☐欣賞作家

（可複選）　☐喜歡畫家　☐價格合理　☐題材有趣　☐廣告印象深刻

☐其他______________

☞購買後☜

您滿意的部份：☐書名　☐封面　☐故事內容　☐版面編排　☐價格　☐贈品

（可複選）　☐其他

不滿意的部份：☐書名　☐封面　☐故事內容　☐版面編排　☐價格　☐贈品

（可複選）　☐其他

您對本書以及典藏閣的建議______________________________

____

____

✌未來您是否願意收到相關書訊？☐是　☐否

✎感謝您寶貴的意見✎

印刷品

請貼
3.5元
郵票

235 新北市中和區中山路二段366巷10號10樓

華文網出版集團 收

（典藏閣－不思議工作室）